Contos reunidos

Anna Maria Martins

Contos reunidos

Seleção e organização
Anna Maria Martins e Ana Luisa Martins

Contos Reunidos

Copyright © 2022 Faria e Silva.

Faria e Silva é uma Empresa do Grupo Editorial Alta Books (Starlin Alta e Consultoria Ltda.)

Copyright © 2022 Herdeiros Anna Maria Martins.

ISBN: 978-65-89573-56-2

Impresso no Brasil — 1ª Edição, 2022 — Edição revisada conforme o Acordo Ortográfico da Língua Portuguesa de 2009.

Dados Internacionais de Catalogação na Publicação (CIP)

Martins, Anna Maria;

Contos reunidos / Anna Maria Martins, – São Paulo: Faria e Silva Editora, 2022.

256 p.

ISBN 978-65-89573-56-2

1. Literatura Brasileira 2. Conto brasileiro.

CDD B869   CDD B869.3

Todos os direitos estão reservados e protegidos por Lei. Nenhuma parte deste livro, sem autorização prévia por escrito da editora, poderá ser reproduzida ou transmitida.

A violação dos Direitos Autorais é crime estabelecido na Lei nº 9.610/98 e com punição de acordo com o artigo 184 do Código Penal.

O conteúdo desta obra fora formulado exclusivamente pelo(s) autor(es).

Marcas Registradas: Todos os termos mencionados e reconhecidos como Marca Registrada e/ou Comercial são de responsabilidade de seus proprietários. A editora informa não estar associada a nenhum produto e/ou fornecedor apresentado no livro.

Material de apoio e erratas: Se parte integrante da obra e/ou por real necessidade, no site da editora o leitor encontrará os materiais de apoio (download), errata e/ou quaisquer outros conteúdos aplicáveis à obra. Acesse o site www.altabooks.com.br e procure pelo título do livro desejado para ter acesso ao conteúdo..

Suporte Técnico: A obra é comercializada na forma em que está, sem direito a suporte técnico ou orientação pessoal/exclusiva ao leitor.

A editora não se responsabiliza pela manutenção, atualização e idioma dos sites, programas, materiais complementares ou similares referidos pelos autores nesta obra.

Faria e Silva é uma Editora do Grupo Editorial Alta Books

Produção Editorial: Grupo Editorial Alta Books
Diretor Editorial: Anderson Vieira
Editor da Obra: Rodrigo Faria e Silva
Vendas Governamentais: Cristiane Mutús
Gerência Comercial: Claudio Lima
Gerência Marketing: Andréa Guatiello

Seleção e organização: Anna Maria Martins e Ana Luisa Martins
Revisão: Caroline Costa e Silva
Projeto Gráfico e Diagramação: Estúdio Castellani
Capa: Valquíria Palma (projeto original)
Imagem de Capa: "Estrada de ferro", de Arcangelo Ianelli, óleo sobre tela, 1954, 46 × 60cm, Coleção particular. Tombo FOST 208.

Rua Viúva Cláudio, 291 — Bairro Industrial do Jacaré
CEP: 20.970-031 — Rio de Janeiro (RJ)
Tels.: (21) 3278-8069 / 3278-8419
www.altabooks.com.br — altabooks@altabooks.com.br
Ouvidoria: ouvidoria@altabooks.com.br

Editora afiliada à:

Dedicatória, *7*
Prefácio, *9*

A despedida, *19*
A escada, *22*
O túnel, *25*
As grades, *28*
Plataforma 3, *31*
À espera do fim, *36*
O passageiro, *40*
Fachada, *45*
Os olhos, *51*
O Caso de MA-63, *59*
Uma segunda-feira, *66*
O piloto, *70*
Reencontro, *74*
O *rictus*, *81*
Juventude, *87*
Velhice, *92*
Colagem, *97*
Decisão, *111*
Os abutres, *117*
O encontro, *124*

HD 41, *132*
Jantar em fazenda, *144*
Sua excelência em 3D, *149*
Sala de espera, *158*
Katmandu, *162*
A herança, *168*
Fundo de gaveta, *178*
Escanteio, *183*
Contagem regressiva, *187*
Júri familiar, *200*
Jó no super-market, *201*
Jó *versus* INSS, *206*
Retrato sem legenda, *209*
Amaryllis, *217*
Rapunzel, *223*
A rede, *233*
Carta a São Paulo, *239*
Chão de infância e juventude, *241*

Comentários críticos acerca da obra de Anna Maria Martins, *247*
Biografia, *253*

Dedicatória

Em novembro de 2020, minha mãe teve um mal-estar e, muito a contragosto, aceitou ser examinada. Foi internada na UTI, onde permaneceu por alguns dias até se recuperar. Embora já tivesse 95 anos, era a primeira vez que eu a via numa UTI e achei que talvez não saísse de lá com vida. Talvez por isso tenha me espantado quando ela despertou, já bem melhor, e a primeira coisa que perguntou foi se eu poderia chamar o editor Rodrigo Faria e Silva, para trabalhar com ele numa antologia de contos. Expliquei-lhe que não permitiam visitas na UTI, muito menos para trabalhar com o paciente. Ao vê-la comprimir os lábios levemente, naquele sinal de desagrado que eu conhecia bem, remendei depressa que, em tempos de Covid, não seria de "bom tom" convidar visitantes ao hospital. Minha mãe podia não entender nada de UTI, mas era *expert* em "bom tom". O que, entretanto, não impediu que repetisse o pedido logo que foi transferida para o quarto. Entendi então que ela queria muito deixar pronta sua antologia de contos e sabia que tinha pouco tempo. Para tranquilizá-la, sugeri que eu e sua neta, Clara, a ajudássemos na seleção dos textos. O rosto pálido de minha mãe iluminou-se. Entendi também que era exatamente o que ela queria, mas não ousava pedir, por "receio de incomodar", como costumava dizer.

Ato contínuo, pus-me a reler seus livros. Escolhia alguns contos e lia para ela. De olhos fechados, minha mãe ouvia e concordava com a cabeça – de modo que se pode dizer que a seleção aqui reunida contou em boa parte com a concordância da autora. Por vezes, ela pedia para eu repetir algum trecho e aquiescia a cada palavra, como se satisfeita que estivesse ali registrado exatamente o que escrevera. Sua satisfação era tão evidente que os familiares que foram vê-la naqueles momentos derradeiros também passaram a ler para ela, numa espécie de reza literária em que buscávamos todos retribuir o carinho e a atenção que ela sempre nos devotara.

Minha mãe chegou a voltar para casa, onde, em 28 de novembro, celebramos todos juntos (mascarados e distanciados pelos protocolos contra Covid) seu aniversário de 96 anos, cientes de que era também uma despedida. Ela aproveitou a curta permanência em casa para abrir suas setecentas agendas e ligar para os amigos. Fez questão de se despedir e deixar uma palavra amável para cada um. Teve uma bela vida e uma bela morte a minha mãe.

Após seu falecimento, em 26 de dezembro de 2020, interrompi a seleção e só tive ânimo para retomá-la, como prometido, alguns meses depois. Organizei os textos por ordem cronológica, buscando compor uma autobiografia ficcional, por assim dizer. O trabalho me fez bem. Com ele, pude ouvir de novo, nitidamente, a voz de minha mãe. Um truque que pretendo repetir sempre que a saudade apertar.

Aos que acalentaram Anna Maria em seus momentos finais, revivendo as suas histórias, é dedicado este livro. Despedida mais bonita não poderia haver.

in memoriam de Anna Maria Martins.

ANA LUISA MARTINS

Prefácio

OS CONTOS DE ANNA MARIA MARTINS: DE UM TEMPO A OUTRO, HISTÓRIAS DE AGORA

> "Terror dos olhos que se voltam para dentro,
> Impotência das mãos presas à vida.
> Jamais aceitaremos essa lei terrível!
> Mas que somos nós!
> Mas que somos nós!"
>
> SÉRGIO MILLIET

Anna Maria Martins tinha 49 anos quando estreou na literatura com o livro de contos "Trilogia do emparedado" (Prêmio Jabuti – autor revelação e Prêmio Afonso Arinos – ABL). Era o ano de 1973, viviam-se os anos de chumbo. Outros dois livros de contos se seguiriam ("Sala de espera" e "Katmandu"), com intervalo de cinco anos entre eles, ainda durante a ditadura militar no Brasil. Essa a época em que Anna Maria adentrava oficialmente o meio literário, onde mulheres escritoras, proporcionalmente aos homens, continuavam a ser presença quase exótica.

À primeira vista, uma estreia tardia, que vem do contexto sociocultural da primeira metade do século passado, de caminhos dificultosos – e por isso altamente desafiadores – para uma mulher das letras. Mas, se considerarmos a história de vida de Anna Maria e suas origens, o caminho para a literatura começou muito antes, na curva de um trem, numa longa viagem ao encontro de artistas, intelectuais, escritores, com os quais estabeleceu sua imensa teia de afetos.

Estamos a falar de uma escritora nascida de potentes combinações. Vinda de uma família tradicional paulista, descendente, por parte de pai, de José Bonifácio de Andrada e Silva, o patriarca da Independência, por parte de mãe, de José Estanislau do Amaral, latifundiário do interior de São Paulo. Uma menina que cresceu entre o mar de Santos e a fazenda da família em Indaiatuba. Jovem ginasiana leitora de Corneille, Racine, Molière. A que amava cavalgar seu cavalo Tição.

Estamos a falar também, sobretudo, de uma grande leitora, tradutora de Aldous Huxley, Agatha Christie, Bradbury, Heine, Melville, entre outros. Prima de Tarsila do Amaral, contemporânea de Osman Lins (seu amigo) e Lygia Fagundes Telles (de quem se tornaria, anos mais tarde, colega de APL), companheira do também escritor Luís Martins (seu esposo), mãe de Ana Luísa, avó de Clara e Mariana. Uma mulher que, aos 96 anos de idade, estava ainda a trabalhar, com viva lucidez e vontade, ao lado de sua filha, organizando os contos reunidos agora neste livro.

Peço licença, aqui, para um dado pessoal: eu tinha 24 anos quando conheci Anna Maria. Ela, 79. Foi no lançamento de seu livro "Mudam os tempos", em 2003. A literatura nos aproximou neste primeiro encontro e desde então o afeto e as afinidades foram fazendo sua parte nessa história, numa conversação em que as nossas idades se esqueciam. Por que menciono isso? Porque diz muito, sobre quem ela era, essa desenvoltura e franca disposição em dialogar com gerações diferentes da sua, mantendo abertos e arejados os horizontes. Diz também muito sobre seu ativismo literário, especialmente no âmbito da APL, a fim de abrir as portas da "casa dos eleitos" para os jovens, chamando-os a participar da conversa como interlocutores.

Essa abertura ou atenção dedicada ao outro, o trânsito por diferentes mundos ou realidades, podemos vê-los refletidos igualmente no rol tão diverso de personagens a que essa contista deu vida: do hipócrita chefe de família, pai de muitos júniores, à adolescente hostil e enfastiada, do milionário à sua amante, ou ainda, do auxiliar de um torturador ao pobre Jó aferrado aos infernos do cotidiano e da burocracia brasileira. Nenhum desses mundos parece estranho à escritora, ao contrário, ela lhes sabe o vocabulário, os contornos próprios, os limites asfixiantes, os silêncios atravessados de ternura, o denso e tenso teor psicológico, tudo isso que entra em suas histórias com tintas misturadas na exata medida das coisas bem apreendidas daquele livrão da vida para além dos livros.

Muito já se disse sobre a linguagem precisa e despojada desses contos, sua fina ironia, seu humor, sua trama de sutilezas, o respeito à inteligência do leitor. Também, em termos estruturais da narrativa, sobre o domínio na articulação de diferentes planos de espaço e tempo, o que é um aspecto realmente importante dessa contística, um modo de compor que traz concretude à metáfora, usada uma vez por Silvana Salerno, de que cada conto da escritora seria uma pequena joia: de fato, um cristal, cada uma de suas faces passível de decompor-se num espectro de emoções à luz de certo instante que a atravessa.

Quanto à temática, devemos a Antonio Candido, em sua apresentação do livro "Sala de espera" (1978), a feliz especulação de que os personagens emparedados da contista parecem "corresponder a um tema profundo, arraigado na autora por baixo dos assuntos ostensivos". O próprio estilo contido dessa escrita, para o crítico, corresponderia ao pequeno mundo sufocante do cotidiano ou da roda viva de seus personagens. De repente, um esgar no rosto que não se desfaz, uma "golfada traiçoeira", uma situação de pesadelo, uma alucinação cruenta varam as grades desse cotidiano, traem sua falsa normalidade, e comunicam a tensão de emoções subterrâneas rebelando-se contra os digníssimos senhores de si.

A ideia de fuga ou de partida ronda esses emparedados, desencantados, desesperados, exacerbados de autocontrole, irremediavelmente solitários, gritando desde seus recalques a chance de "desmontar a engrenagem tão rápido quanto possível", de abandonar "o sistema", arrasar com as fachadas, ainda que na maioria das vezes seja esse um último debater-se contra a desistência, a apatia, o sono. Talvez já bastasse o quadro desse inferno psíquico para deduzir daí uma caracterização intestina da nossa burguesia, não fossem tantos outros elementos típicos presentes, como o pai à cabeceira da mesa, "duas mulatinhas engomadas e uniformizadas (que) depositam sobre o aparador as primeiras travessas" ou o anfitrião sentenciando o "amoralismo" da geração jovem, dizendo-se farto do seu jargão esquerdista.

As personagens femininas merecem aqui um aparte. São elas, entre todos os sem saída, que, não encontrando vez ou voz, ainda conseguem elaborá-las (vez e voz) com recursos próprios, sem falhar o jogo das necessárias dissimulações que todos jogam. Algumas logram partir e transformar-se. Logram também, eventualmente, transformar o coração do outro, desempederni-lo por um momento, reconfigurar o entorno.

O realismo que a crítica já identificou nesses contos seria a transparência daquele cristal prismático que permite melhor observar como a luz se lhe quebra por dentro, lá onde vivem as coisas sofreadas, omitidas, não ditas. Pois é assim, com íntimo manejo das palavras, em seu escritório de sutilezas ou sóbrias contundências, que Anna Maria semeia em suas histórias, na figura e na voz de seus personagens, questões morais, sociais, literárias, políticas, tantas vezes discretamente imbricadas.

Por exemplo, as literárias, no pungente "Colagem", na voz da personagem escritora (neste caso, também uma questão moral): "A que limites se pode estender a verdade? É lícito ser verdadeiro quando a verdade individual envolve outros? Gide, sendo fiel e verdadeiro consigo próprio, levou a verdade à extensão máxima. E eu pergunto: tinha o direito de escrever '*Et Nunc Manet in Te*'? Tenho dúvidas". Ou, a mesma personagem, quando diz: "Sabe, tenho um amigo muito inteligente e sensato que tem uma teoria sobre o palavrão. (..) Ele acha que o uso contínuo e excessivo (...) desgasta o palavrão, e este perde a força. Perde toda a carga, quando deve ser usado em lugar adequado e no momento oportuno". E aqui importa lembrar que Anna Maria ela mesma, em seus contos, sabe aproveitar toda a carga dos palavrões, sempre no lugar e no momento certos. Ou ainda, no conto "Fundo de gaveta", também na voz de uma personagem escritora, outra questão literária: "(...) para ser escritor é preciso sujar as mãos, como diz um amigo meu. Enfiei as minhas no lodo até o fundo, desde o começo. Revolvi miasmas e detritos. E a sociedade rósea a que pertenço (ou pertenci, não sei) me olhou com inquietação e espanto. Exagero ao dizer inquietação; curiosidade seria o termo mais adequado. A sociedade rósea jamais se inquieta".

Dos comentários da crítica à época da publicação dos livros, convém trazer para cá uma observação de Nildo Scalzo, do prefácio à primeira edição de "Katmandu" (1983), quanto às escolhas temáticas: "ela é uma contista de seu tempo". E o que dizer desse tempo, quase 40 anos depois? É a leitura que nos interessa, duplamente inquietante, pois, num retrato de época que desejaríamos já passado, de repente nos vemos a nós mesmos, ou o reverso, buscamos nosso rosto ou nossos olhos no espelho e o que vemos é o rosto ou são os olhos de um outro (querendo, talvez, escapar-nos da cara). Um retrato, pois, sem legenda, de um tempo de ontem feito tempo de agora.

Um tempo de ontem feito tempo de agora no carrasco que arrebenta os nervos do professor. Nos "chefes de família" e seus clãs, sua "gente de bem", vendo estalar seu colapso, vendo pender suas máscaras, à beira de uma crise de pânico ou um infarto de alma. Um tempo de ontem feito tempo de agora na penosa sobrevivência de Jó, hoje ainda mais pobre, mais desgraçado, mais kafkiano, ali se aguentando com sua senha na fila da Previdência Social. Também de agora a eterna sabedoria das meninas moças, com seus poderes de prazer e alegria, alimentando a memória afetiva de alguém, lá adiante. De hoje, também, ainda, a guarda de certas mulheres, sob o disfarce de "incultas e frágeis", quando praticam sua clandestina inteligência de brotarem firmes e coloridas onde não possam ser arrancadas.

Temos, portanto, aqui, a coletânea de uma contista dos nossos tempos, de submundos de angústias que nos dizem respeito, a nós, às nossas histórias de vida e às nossas próprias vidas inauditas e subterrâneas. Autora de poucos livros e, neles, contos curtos, Anna Maria nos deixou uma obra de máximo vigor. Excesso nenhum, e a potência do implícito em suas arestas lavradas. Seus contos seguem ecoando, passado e presente enredados. Soma-se a essa obra, ou melhor, abrange--a, aquele outro livrão da vida, continuando a linha do trem que vai de um tempo a outro, não só de partida: também em retorno. Podemos agora tocar o fino desenho desse percurso graças às mãos atentas e amorosas que organizaram os contos dessa coletânea.

Aos de primeira viagem, que seja intensa a jornada por essas páginas, quiçá humanamente transformadora, de "atravessar distâncias" (e túneis) em muitos sentidos. Aos que alguma vez já passaram por esses contos, que sintam novo impacto, agora, como de uma nova viagem, nesse outro tempo, de reencontro. Essas histórias são de muitos, e são de hoje, se olharmos bem à nossa volta e alma adentro, são tramas também nossas, se não no que contam, no que ocultam, também assim, em silêncio, nos dizendo. Quem as escreveu, essa grande contista e grande mulher que foi Anna Maria, continua a falar por elas, como tanto o fez em vida: sempre aberta às novas gerações.

MARIANA IANELLI
11 de setembro de 2021
São Paulo, SP

Contos reunidos

A despedida

　　Irresoluta, sugestionável. Até mesmo de sem caráter a chamavam. Não sabiam, porém, o quanto lhe era difícil desprender-se, e quão penoso era tudo demolir, pisar escombros para tentar depois erguer aquilo que tanto desejava. Ah, se lhe fosse dado fechar portas sem apertar mãos alheias!
　　Se então soubesse como é possível trocar, sem prejuízo do próprio equilíbrio, o círculo que nos envolve; se então soubesse como a distância esfuma e esgarça sentimentos, que infinidade de hesitações e desespero teria evitado. Mas as coisas só nos vêm a seu devido tempo, e ainda não era chegado o momento de parodiar Aragon, como mais tarde poderia fazer: "Et s'il était à refaire, je referais ce chemim." Sim, refaria esse caminho; mil vezes o refaria.
　　Não acreditava que haveria um dia de voltar e com tudo aquilo encher os olhos e a alma, catando as migalhas esparsas que lhe sobravam da infância, o rosto afetando impassibilidade, à procura da máscara que melhor vendasse as lágrimas.
　　Porque o que realmente lhe doía, mais do que deixar pessoas, era abandonar o lugar. Tudo ali refletia seus menores gestos, cada recanto exibia a seus olhos deslumbrados um pedaço de vida. E ninguém rompe impunemente com uma vida: o corte brusco, tantas vezes necessário, ao seccionar, dilacera mais do que o previsto; é preciso então paciência, conformismo, pois que lento e penoso é o processo de sutura.

Tantas eram as imagens que consigo desejava levar, que temia suas retinas não as tivessem suficientemente enclausurado. Era preciso gravá-las com mais vigor, para que não se diluíssem na distância e no tempo. Não as queria perder. Buscava contornos, descobria nuances de verdes jamais notados, encontrava tons ferruginosos, combinava-os com inúmeros outros coloridos que lhe surgiam aos poucos, sorrateiramente, agora que ia partir.

A imensa pedra sobre a qual tantas vezes sentara-se, onde fizera as suas primeiras preferências literárias, lá estava, dura, impassível, e ainda assim despertando-lhe ternura na suavidade do musgo que a recobria, na carícia úmida daquele limo sujo de lembranças. Fora ali que num rodopiar alucinado girara de um autor a outro, apaixonando-se ao impacto de uma frase, embebendo-se, insaciável, querendo sempre abranger mais e mais. Não que pretendesse brilhar, ao contrário, era dessas criaturas que voluntariamente se apagam: omitia-se. Que lhe importava soubessem os outros de seus anseios, de suas ambições literárias? (humildemente reconhecia-se tão engatinhante). Que lhe importava o fogo-fátuo das tiradas brilhantes, que tão rápido se extingue e nada deixa atrás de si? Excessivamente ciosa de preservar suas emoções, de enclausurar aquilo que obstinada e penosamente conseguira construir para si, era humilde entretanto; o que desejava era tão-somente guardar o que lhe pertencia e com aquilo partir.

A caminhada derradeira fazia-se ao sabor das lembranças que brotavam. Reconstituída em desordenadas etapas, a infância voltava-lhe num perfume de flor, num gorjeio de pássaro, na sombra das mangueiras. E ela parava ao acaso, ora para contemplar imensas raízes entrelaçadas galgando rochas, ora para melhor discernir folhagens que se emaranhavam em configurações, por vezes resplandecentes, por vezes sombrias, estranhas.

Ávida de recordações, enveredava por misteriosos atalhos, embrenhando-se, distanciando-se mais e mais. Queria sentir a umidade da terra, queria em sua face o afago das folhas tenras; desejava integrar-se naquele todo que a circundava e tanta coisa lhe dizia. Veio-lhe à lembrança um escritor amigo; este preferia a praia, o mar aberto onde a vista se perde. A montanha, prenúncio de túmulo, fazia-o sentir-se encurralado. Jamais essa impressão a tocara. Cedo pudera optar, dividida que fora a sua infância entre a mata e o mar, e o seu amor derramara-se todo pela imensidão dos campos, cavalgando verdes, deslizando por entre os seixos dos riachos, abrigando-se, fatigado, no aconchego dos bosques.

Não era insensível à beleza de um mar tranquilo ou violento, à euforia das praias ensolaradas. Nada, porém, como o apelo da terra para fazê-la vibrar. Envolvendo-a nessa sensação de plenitude, que nos surpreende de quando em quando às sugestões melancólicas de um entardecer, ao encontro da palavra que nos toca, à vista do ente querido.

E agora ia partir; queria partir. Por penoso que lhe fosse era preciso afastar frutos e flores, pisar folhas, galhos, romper ramos, vencer a exuberância da vegetação e fazer de volta o caminho já obscurecido pela proximidade da noite. O raiar do dia seguinte a veria em novo rumo.

Bem sabia das dificuldades em carregar a infância para longe; sabia o fardo demasiado pesado. Ali, encontrando-a a cada instante, era como se não a tivesse perdido ainda.

E, no entanto, desejava partir. Seguiria, dentro em breve, o clássico caminho dos adeuses: o trem apitando na curva, a paisagem fugindo; tudo, tudo o mais para trás. Passado.

A escada

Branca, lisa, inóspita. Não convidava a subir, nem a descer. Nem sugeria misteriosos desvãos ou incitava à busca de aposentos novos, descobertas, ou estranhas aventuras. Murada em ambos os lados por paredes também lisas e brancas, de altura indevassável, sem uma nódoa, sem um risco sequer, de uma brancura monótona e enjoativa, mantinha-se a escada como um local ou objeto inanimado, que nada sugere, nada tem a pedir ou ofertar. De que maneira chegara até ali, não o poderia, não o saberia dizer. A escada não surgira de repente, não fora alcançada após longa e exaustiva caminhada: era como se tivesse sempre existido. Não lhe seria possível precisar o momento exato em que dela havia tomado conhecimento. Sabia, isso sim — e com que exatidão, com que lúcida e desesperada exatidão — que havia longo, longo tempo inutilmente tentava chegar ao topo daquela interminável escadaria ou atingir o seu degrau inferior, aquele que seria o primeiro dos inúmeros, dos incontáveis degraus pelos quais passara e repassara, e continuava sempre pisando. Por mais que os subisse ou descesse jamais atingia um patamar, uma etapa intermediária, qualquer variação que prenunciasse a proximidade de local diverso, de lugar outro que não essas paredes alvas e lisas, esses degraus irritantemente os mesmos.

Palpável, terrível era o isolamento, era a solidão que o envolvia. A não ser os seus, pés alguns passavam pela escada. Nenhuma face cruzava o seu caminho, e a sua própria, sem conseguir ver-lhe refletida a imagem — porque, conforme já se disse, nada havia além daquela alvura infinita e lisa — só a poder de esforços conseguia lembrar-lhe o contorno, tentando fixar detalhes de um todo que lhe fugia obstinadamente. Se de seu próprio rosto apenas com dificuldade era-lhe possível lembrar-se — ora surgindo nítido, ora perdendo-se em linhas qual uma imagem de vídeo cujo botão uma criança girasse ao acaso — das faces que outrora conhecera, fragmentos somente lhe restavam, retidos na mente. A maleabilidade com que o cérebro antes o ajudara a gravar e enclausurar imagens — para as soltar quando necessário, ou quando bem entendesse — fora-se aos poucos transformando em lentidão de raciocínio, e agora chegava a tocar as raias do embrutecimento. Paisagens, edifícios, lugares surgiam: uns conhecidos, outros jamais vistos baralhando-se tudo, tudo se esgarçando. Detalhes de faces misturavam-se a pedaços de outras formando fantásticas fisionomias que por um instante se mostravam, para logo após perderem-se no branco liso das paredes ou dos degraus. Fatos que lhe tivessem ocorrido. Feitos que lhe tivessem projetado a personalidade, alguém cujas sensações mais de perto houvesse tocado e cuja proximidade em determinado momento tivesse sido mais forte... — inútil, ninguém, nada conseguia precisar.

    Desanimado, sentara-se. Abrindo os braços podia tocar ambas as paredes, sentir penetrando-lhe a carne a brancura do contato. Um desejo fundo e súbito, vontade tão forte como até então jamais experimentara, opressiva necessidade de chegar ao fim — quer subindo, quer descendo — fê-lo erguer-se e desabalar em louca e desesperada corrida escada abaixo. O impulso, aumentando-lhe a rapidez dos movimentos, fazia-o saltar dois, três degraus, tropeçando, batendo ora numa ora em outra parede, esfregando-se nelas. Já não era somente nos pés que sentia o contato dos degraus, mas em todo o corpo, pois que agora rolava recebendo o impacto nas costas, nos braços, na cabeça. Uma pancada mais forte de encontro à quina de um degrau, rasgou-lhe a testa. Tonto de dor, cego, procurou agarrar-se às paredes, tentando reprimir o impulso que o projetara para baixo: queria de novo sentar-se. Quando o conseguiu, manteve-se imóvel, a mão direita comprimindo o lenço na testa. Ao abrir novamente os olhos, viu, pela primeira vez desde que tomara consciência daquela escada, nódoas nos degraus e nas paredes, rubros borrões emergindo do branco.

Desesperançado, com opressiva lentidão, recomeçou, um a um, a subir os degraus.

O túnel

E nada penetrava a escuridão, que pudesse romper a atmosfera de asfixia, insegurança. Súbito — da mesma forma inesperada e brusca como havia parado o trem — achou-se imerso em escuro bojo, circundado por aflitivas vozes, que lhe chegavam aos ouvidos por vezes confundidas a soluços. Marteladas repercutiam, ruídos de homens tentando reparar o imprevisto que os fizera estancar, jogando-os uns contra outros, corpos chocando-se, bagagens esparramando-se pelo chão, pelos bancos, crianças perdidas, mãos apalpando.

Falaria com alguém? Procuraria agarrar um braço ou mão? Ou sentir sob os dedos uma face ainda que estranha? De que lhe valeria, se estranho e transitório tudo lhe fora sempre. Cenários, mulheres, amigos (melhor diria relações), tudo passava, a nada conseguia apegar-se. O que não daria agora pelo contato de um rosto de alguém que lhe pertencesse, uma voz infantil que o chamasse pelo nome, precisando de seu apoio, carecendo de seu afeto.

Nunca permanecera muito tempo no mesmo lugar; cansavam-no logo a paisagem, as fisionomias. Era-lhe imprescindível mudar, sempre mudar. Certa vez — quão amargamente se arrependia de tê-la deixado escapar — um recanto de montanha, retalho de extenso verde escorregando até pequeno rio margeado pela via férrea, dominara-lhe os sentidos como até então coisa alguma jamais o conseguira. Impusera-se, com uma nitidez que o havia deixado perplexo, a imagem de uma vida estática, sem angústias, sem inquietações, sem nada buscar, nada pedir; uma vida isenta de desejos: os dias se sucedendo no conformismo da espera. Haveria de lavrar e semear a terra ao redor da pequena casa, e encontraria certamente uma companheira humilde, silenciosa, que pela ternura e pelos filhos saberia tocar-lhe o coração. Aos domingos, quando os chamassem os sinos da igreja, enfatiotada a família para a missa, desceriam todos à aldeiazinha, e de lá trariam reservas de paz para o resto da semana.

Fragmentada por insondáveis forças, por toda uma vida de procuras, poucos momentos de existência tivera então a imagem; logo morrera, como também agora morria, escurecendo-se o verde, num repente integrando-se no negrume que, uma a uma, todas as imagens apagava. E novamente o que o rodeava não mais era o colorido da aldeia, e os sons dos sinos transformavam-se em agudas marteladas, e o cheiro da fumaça asfixiante invadia-lhe os pulmões, queimando-lhe lembranças de úmidos e suaves aromas.

Era preciso que o trem se movesse em busca de claridade e ar. Sabia — como o sabiam todos os outros — que não lhe seria possível ali permanecer por muito mais tempo. Varar, rapidamente varar o túnel, não importa por que meios, antes que se tornasse demasiado tarde. Talvez do outro lado tudo fosse diferente, poderia recomeçar, quem sabe. E essa esperança de renovação, vaga a princípio, dominava-o em súbito crescendo, incutindo-lhe forças para abrir o cerco humano, afastando mãos, empurrando corpos, pisando pés, até chegar onde uma rajada de ar bolorento e frio indicou-lhe a proximidade de alguma abertura.

A última tentativa ele a faria só; solitários haviam sido sempre todos os seus gestos. Não seria agora o momento de esperar que outros o auxiliassem — a ele que nunca esperara nada de ninguém. Teria de saltar ao acaso, em plena escuridão; era preferível aquela permanência duvidosa, à sensação de asfixia e pânico.

Colado à parede pegajosa, fria, com receio de que em sentido inverso surgisse de repente outro trem, que na exiguidade daquele funil o pudesse esmagar, caminhava tateante. De quando em quando, insensivelmente afastava-se da parede, e seus pés esbarravam nos trilhos. Retesava-se e prosseguia a caminhada, ora impulsionado pelo ardor da esperança, ora consciente da inutilidade de cada passo. E como era longo o percurso, e como o fatigava manter arregalados os olhos à espera de que captassem a mais escassa luminosidade, qualquer insidiosa réstia que acaso tivesse podido infiltrar-se. Mas nada deixavam passar aqueles tijolos que de forma tão perfeita haviam os homens cimentado.

Continuava a atravessar o túnel. Na carne e no espírito uma força premente fazia-o ansiar pela abertura que o livraria. Em seu cérebro, porém, emaranhavam-se caminhos, atalhos, becos. Escuros, vazios, infindáveis caminhos.

As grades

Mas se estava inocente — repetia a todo o instante — por que o haviam confinado em tão limitado espaço? Por que entre ele e os outros, aquelas barras roliças, luzidias, cujos revérberos lhe feriam a vista? Quer estivesse de olhos abertos, quer os conservasse fechados, tentando imergir no sono — sua única possibilidade de fuga — à sua frente, hostis, inflexíveis vigias, sempre as mesmas barras.

Se por vezes dominado por longo cansaço e profundo tédio conseguia adormecer, mutilavam-lhe o sono mostrando-se a cada momento sob aspecto diverso. Longas, a perder de vista, pequenas, achatadas ou roliças (como de fato o eram) traziam sempre a mesma característica: nenhum intervalo, espaço algum entre elas, que permitisse ou sugerisse sequer ideia de passagem. Em tentativas desesperadas à procura de um vão por onde pudesse escapar, debatia-se sôfrego de encontro às grades e acordava ofegante, o corpo dolorido, os membros lassos, todo ele esmagado sob o peso da frustração.

Outras vezes eram mãos que se estendiam para arrancá-lo dali: vigorosas e ásperas mãos, suaves, delicadas, e até mesmo titubeantes mãos de crianças, alçando-se trêmulas. Quando erguia as suas próprias, procurando agarrar as mais próximas, afastavam-se todas, lentas, hieráticas, impassíveis à premência do seu apelo.

Na sonolência em que o prostravam as intermináveis horas, momentos havia em que julgava perceber o teto abaixar-se e as grades moverem-se em sua direção, comprimindo-o, tornando-lhe o espaço a tal ponto exíguo, que já não era uma cela que o continha, mas um caixão no qual se contorcia angustiadamente, procurando livrar-se.

Nessa situação, porém, nem sempre eram os seus gestos desvairados ímpetos e movimentos bruscos; sentia-se às vezes dormindo tranquilo, e outra coisa não desejando senão dormir o sono pesado, o sono do nada.

Em suas horas de lucidez, ansiava por vozes e barulhos diversos daqueles a que se habituara a ouvir todos os dias: passos de guardas, entrechocar de colheres e vasilhas, blasfêmias, lamentos. Desejava — sobretudo desejava — livros. Era então justo que o castigo se estendesse à sua imaginação, encarcerando-a também? Impedindo-a — também ela — de transpor as grades, convidando-o a espichar-se ao sol, trazendo-lhe aos ouvidos um murmúrio de riacho, dilatando-lhe as narinas com o perfume fresco das folhagens? Verdade era que, à custa de esforços, as lembranças pelo menos conseguira preservar. Com minúcias e cuidados de colecionador, escolhia um fato e dissecava-o longa e apetitosamente; não importa em que região de seu passado se situasse. Doloroso ou alegre, vinha à tona, fazendo-o sempre afundar-se em desespero: quando doloroso porque a emoção repetia-se com requintes de perversidade; quando alegre, porque inatingível, e pela certeza de que jamais seria imitado.

O que não conseguia, porém, era precisar os motivos que o haviam conduzido até ali; de nada, nada recordava-se que o pudesse incriminar. Vasculhava os mais ermos caminhos da memória à procura de um gesto — ou de um instante apenas — em busca de algo que lhe explicasse a razão daquilo. Quando se julgava penetrando o âmago das reminiscências, soçobrava em sensação de vazio, em crescente irritação pelo confuso e inútil revolver de lembranças. E só lhe restava, então, emergir aos gritos, e bradar sua inocência às paredes, às grades, a ouvidos que o ignoravam.

Mas se estava inocente — repetia — por quê? Por que o tinham jogado ali?

Esgotada a sua capacidade de gritar, prostrado, recaia no sono — sua única possibilidade de fuga.

Plataforma 3

Sobrava-lhe tempo, mas desceu as escadas apressadamente. Um vento úmido atravessava-lhe a calça fina, enregelava-lhe as pernas. Por que não pensara em agasalhar-se de maneira adequada? Acaso tivera tempo de se preocupar com detalhes? O pensamento fixo em rumo traçado não se iria perder em desvios. Fora urgente partir, e partir depressa, antes que pequenas coisas, um olhar, um gesto, trouxessem à tona seu sentimentalismo tolo, e, lacrimejante, resolvesse ficar.

À esquerda. Plataforma 3, informaram-lhe. Procurou um banco vazio. Em vão. Lugares havia, mas não queria sentar-se junto de ninguém. Começava a digerir a sua solidão. Seria trabalho lento, penoso. Era preciso, porém, não admitir interferência de espécie alguma. Lutar contra pessoas, lembranças, e, sobretudo lutar contra qualquer elo que se evidenciasse em ameaça. Nada reconstituir, nada restabelecer. Desatados os fios, partir solto; não importa para onde, não importa para quê.

Encostou a maleta em lugar em que não a perdesse de vista, e começou a caminhar de um lado para outro. Cada vez que passava junto ao casal abraçado, desviava o olhar. Constituía o perigo iminente. Num relance, toda uma carga de ilações fora desfechada, ferindo-o com imagens inelutáveis. O trem de subúrbio cortou-as.

A plataforma encheu-se de gente apressada. Fisionomias tensas, graves semblantes, faces e faces sobrepondo-se umas às outras. Indivíduos de olhos presos ao relógio apertavam o passo, procuravam atingir as escadas antes dos outros. Afastou-se para junto da parede, evitando empurrões. Dois garotos passaram fumando com autossuficiência. Pálida mulher trazia nos braços uma criança esquálida, e no olhar o preço dessa maternidade; caminhava de maneira lenta, e ficava para trás à medida que a turba afoita desaparecia escadas acima. Subiam os retardatários, os que não tinham ou não podiam ter pressa, e, na plataforma, aquelas mesmas pessoas permaneceram à espera.

E ele? Poderia, acaso, ainda esperar alguma coisa? Um trem, outra cidade, uma vida liberta de compromissos, sem que nada o ligasse a ninguém, a coisa alguma. Era isso, então, o que desejava? Uma existência sem sentido, escoando intocada e sem nada tocar? Já que partira, cumpria que assim o fosse. Ah! não tivesse deixado as coisas chegarem àquele ponto. Em dado momento, pelas próprias palavras, vira-se prensado, e a escolha fora essa. Não a desejara um instante sequer, nem a queria agora.

Falara em orgulho, dignidade ofendida, frases contundentes para a magoar mesmo. Humilde, triste, a mulher o ouvia. De quando em quando, tentava abrandar o ardor das palavras com alguma objeção sensata. Sabia-se em erro — reconhecia — mas, afinal de contas, não era motivo para tudo aquilo. Pedia-lhe que a perdoasse, que refletisse melhor. Então, anos e anos de uma vida em comum para ele nada significavam? Nada lhe traziam, que os pudesse rejeitar em busca de um futuro duvidoso? Fora irredutível. Mesmo quando ela abordou pontos sensíveis. Vencida, exausta, a mulher desistira de lutar.

E depois, o resto da noite engolindo a angústia, apressando o fim. Coisas arrumadas às cegas, nervosos gestos, lágrimas contidas. Partiu sem uma palavra, olhos secos.

Triste e agudo apito. Ruído de rodas. Lento, pesado, um trem de carga passou. Invadiu-o indefinível mal-estar, que julgou provocado pela fumaça; mas logo lembrou-se de que nada comera. Encaminhou-se para o bar e pediu um sanduíche. Encostado ao balcão, vagueava o olhar. Era preciso fixar-se naquilo que o circundava, objeto, fisionomia, detalhe de rosto, movimento ou som; fosse o que fosse. O essencial era manter presa a mente, estancar teimosas imagens que irrompiam doloridas. Ou, talvez, forçar lembranças desagradáveis, momentos que, somados, justificassem a partida. Porque não os tivesse gravado — em sua pouca significação diluídos no tempo — não os conseguia reconstituir. E não podia prescindir de tais momentos, seriam como etapas percorridas abrindo-se para os recentes acontecimentos. Com um reforço à decisão tomada, que a enchesse de razão, que a confirmasse. Entretanto, nenhum fato doloroso lhe ocorria. Parecia-lhe, agora, agradável a rotina daqueles anos que se sucediam mansos, tediosos mesmo. Recordava-se de que muitas vezes aquela monotonia chegara a exasperá-lo, e, contudo, de nada lembrava-se que o tivesse magoado.

Sentiu-se inseguro. Sorrateiramente infiltrado por remorso que ameaçava expandir-se. Já contava com isso. Tinha de reagir. Onde estava a sua fibra? Que espécie de pessoa era? Havia tomado decisão importante, grave, não podia voltar atrás. Então, mal punha os pés fora de casa e seu equilíbrio interior desabava, deixando-o vacilante, à mercê de hesitações. Não iria, absolutamente, agir de maneira irresponsável, como criança que não sabe o que quer.

A seu lado, junto ao balcão, envolvendo-a em carinhoso olhar, o rapaz perguntava à moça o que desejava que lhe comprasse. À proximidade do casal, encheu-o uma saudade funda, mesclada de preocupações. De ordem material a princípio, mas que contavam, evidentemente. Pequenos detalhes em que costumava acentuar sua solicitude de marido. Frutas, bombons ou flores que às vezes lhe trazia; um imprevisto convite para jantar fora. Pequeninas coisas sem maior importância, mas que a comoviam. Começaram, então, a assaltá-lo preocupações de ordem mais profunda, sérios problemas, crises que a mulher iria certamente enfrentar. Criatura de sensibilidade profundamente aguçada, como iria reagir à sua ausência? Ah! o desmedido orgulho que o impelira à decisão extrema. Tivesse aprendido a aceitar com um pouco mais de humildade e não se veria agora afastando-se, partindo para o nada.

Trazia-lhe mal-estar a presença do casal. Impingia-lhe lembranças que era preciso, a todo custo, evitar. Começara a envolvê-lo a tão temida onda de ternura. Sentiu que já não conseguia manter enxutos os olhos. Disfarçando lágrimas, caminhou até a extremidade da plataforma.

Carregadores inquietos denunciavam a chegada de outro trem. Alguns momentos mais, e o expresso abarrotou a Plataforma 3 de nova multidão. Carrinhos, malas, viajantes e carregadores confundiam-se agitados. Passos, empurrões, ruído, fragmentos de frases, faces por um instante apenas entrevistas — e aquela gente passava, desaparecia escadas acima.

Vazia, a não ser por algumas pessoas que ainda esperavam, a plataforma voltou à tranquilidade. Embora pouco depois encostasse um misto, que logo partiu, o reduzido número de viajantes não chegou a restabelecer a atmosfera da movimentação anterior. Ainda não era o seu trem. Todavia, poucos minutos faltavam para que a Plataforma 3 se aprestasse a recebê-lo — o trem que o levaria.

Desistisse enquanto era tempo. Voltasse atrás em sua absurda resolução. Amargura, ressentimento, jaziam encobertos por imensa saudade. Sim, ela bem o dissera, anos e anos de uma vida em comum não podiam ser rejeitados dessa maneira. Preferível seria a humilhação da volta, a muda aceitação dos fatos. Quebrados o orgulho, o constrangimento inicial, tudo haveria de recomeçar. Não estaria em situação de impor condições, mas que importava? Já agora nada mais queria senão voltar. Fora uma insensatez aquela fuga — no silêncio do amanhecer, sem despedidas, sem reconsiderações, o desvairado impulso apenas. Tudo aquilo que, na véspera, devera cuidadosamente ter pesado, fazia-o agora. E em sã consciência, percebia o quanto fora leviano. A humilhação da volta seria o preço.

Primeiro chamado para o seu trem, e ele não se moveu. Viu os passageiros tomarem seus lugares, alguns atrasados, aflitos, mas ainda a tempo. Ouviu o último aviso, e permaneceu onde se achava. Com alívio, constatou a partida do trem.

Cumpria agora reunir forças para enfrentar o regresso. Sentou-se, e, durante longo tempo, em meio ao barulho de trens que chegavam e partiam, desligado de toda aquela gente em vaivém pela Plataforma 3, ficou meditando no que deveria fazer, naquilo que iria dizer. Não, nada diria. Regressaria simplesmente.

Tomou um táxi, atravessou a cidade, de volta à sua casa. Ansioso, abriu a porta. Queria abraçar logo a mulher. Chamou-a uma, duas vezes; inúmeras vezes. Procurou-a pelas salas, pelos quartos. Por toda a parte. A casa estava vazia.

À espera do fim

Ao terceiro toque de campainha, ouviu-se um impaciente "já vai, já vai", e ruído de passos arrastados em direção à porta.

O vulto frágil — cada dia mais ressequido e tenso — vacilou ao impacto da claridade. Cerrou as pálpebras e apoiou-se à mão que lhe estendi. Pela voz, imediatamente reconheceu a visitante. Da visão como de tudo o mais, pouco lhe restava. As mãos descarnadas agarraram-me o braço, como que aprisionando com sofreguidão uma presença viva. O corpo desequilibrava-se ao tentar arrastar-me para o interior do quarto. Assegurei-lhe de que dispunha da tarde inteira para ficar consigo; o que pareceu tranquilizá-la. Deixei a porta entreaberta, — era insuportável o ar abafado — e sentamo-nos ambas em sua cama.

Satisfeitas as indagações sobre a família, sem transição enveredou pelo terreno das lamúrias. Um desalmado, o encarregado; cortara-lhe a água sem a menor consideração. Isso, então, se fazia a uma senhora da sua idade? Ainda bem que tinha parentes zelando por si, caso contrário como iria, sozinha, enfrentar aquele monstro? Afirmei-lhe que tomaria providências imediatas e saí à procura do homem.

Realmente, falou, era uma judiação, uma perversidade, concordava. Entretanto, nada podia fazer, cumpria ordens apenas. O proprietário achava que ela esquecia abertas as torneiras, e desperdiçava água. Sua obrigação era obedecer; se o patrão mandava ele obedecia. Precisava do emprego, tinha mulher e filhos. Cumpria ordens.

Encontrei-a na porta, à minha espera. Fiz-lhe ver que a culpa era unicamente do proprietário. Sim, falaria com ele naquele dia mesmo. Ficasse sossegada, isso não continuaria assim. Lógico. Um inquilino tinha seus direitos; não podia ser tratado dessa forma.

Vencida pelo acesso de cólera, ofegante, tornou a sentar-se. De seus lábios, fatigadas palavras teimavam ainda em sair, quando ocorreu-me a pergunta que a faria estancar. Desviei o rumo de seus pensamentos, procurando apaziguar a ira justa, que, entretanto, grande mal lhe trazia ao físico debilitado. A face congestionada foi-se, aos poucos, abrandando. Os gestos suavizaram-se. Sim, ouvira muitas. Na verdade, constituíam sua única distração. Com esse tempo frio, passava os dias enrolada no cobertor, ouvindo radionovelas. Seguia uma porção, religiosamente. Acabara de ouvir um capítulo, pouco antes da minha chegada. O marido, um médico de alta reputação, descobrira que a mulher...

Vagueei os olhos pelo quarto, cubículo a que se concedia esse eufemismo. Os móveis, poucos e arrebentados, amontoavam-se no exíguo retângulo, mal deixando espaço livre onde se pudesse circular. Nas tábuas carcomidas do assoalho, espessa camada de poeira e gordura acumulava-se — ali mesmo, em pequeno fogareiro, cozinhava seus parcos alimentos. A porta aberta do banheiro exibia ladrilhos encardidos onde se grudava pegajosa umidade.

Meus dedos apalparam o cobertor ralo, quase inútil, os lençóis amarelados e ásperos. Voltei o olhar para a figura franzina, humilde, sentada a meu lado. Falava e emocionava-se com a desgraça alheia. Transferia para outrem sua própria miséria, sua solidão. Tive ímpetos de carregá-la ao colo. Levá-la comigo. Trancar essa porta, e ali jamais voltar a pôr os pés.

Pedi-lhe o álbum de fotografias. Gostava de folhear aquelas páginas envelhecidas. Suas lembranças mesclavam-se às minhas. Momentos de minha infância, ela os fixara entre as suas próprias recordações. Certos passeios a que me levara, algumas datas marcantes em minha vida, ressurgiam em meio aos inúmeros instantâneos. Ela, em posições diversas, em diferentes épocas; ora só, ora acompanhada; recém-nascida, criança, moça, e depois envelhecendo, envelhecendo, até reduzir-se àquilo: exaurido ser à espera do fim.

Em uma das páginas, em atitude solícita, um jovem postava-se a seu lado. Páginas adiante, sozinha, o olhar melancólico, como convinha a uma moça que acabara de romper o noivado. E desde então, sub-repticiamente, a solidão fora-se apoderando de sua existência. Porque não quisesse, ou porque não pudesse, jamais morara com alguém. Quando perdeu os pais, durante alguns anos conseguiu manter-se com relativo conforto. Depois, caíra de pensão em pensão, até chegar àqueles dois imundos e reduzidos aposentos.

Murchando, qual planta sem trato e batida pelo tempo, fora pendendo a altivez com que outrora erguia a cabeça. Movimentos seguros transformavam-se em gestos lentos, hesitantes, trôpegos. Agora, já não escondia o pavor de que a morte a surpreendesse sem lhe dar tempo de gritar por alguém — um vizinho, não importa quem. Se a visitavam, urdia pretextos para prolongar a visita, para reter junto de si uma presença. Como uma tábua de salvação a que se agarrasse. Sabia-se afundando, mas queria afundar agarrada a algo.

Olhos secos, afastei a emoção; era preciso, impiedosamente, desviar-me de seus pequeninos truques, e evitar que

me prendesse. A tarde passara. Eu nada podia. Vergada sob a impotência e a inutilidade, nada me restava senão partir.
   Levantei-me. Apressadamente despedi-me. Em sua miséria e solidão, deixei-a à espera do fim.

O passageiro

Já não se importava que o levassem. Rebelara-se, a princípio. Utilizara-se de todos os ardis. Chegara mesmo a arquitetar fuga. A impossibilidade de sozinho, enfrentar imprevistos, contornar situações, fizera-o desistir. Reconhecia a precariedade do próprio estado. Aquilo poderia assaltá-lo a qualquer instante.

Submetera-se à viagem sem maiores restrições. E se acaso ainda tentara esboçar qualquer objeção, agira mais pelos outros do que por si. Era preciso evitar que percebessem a extensão de sua derrota, sua consciente entrega à apatia. Certa rebeldia bem dosada poderia talvez enganá-los. Em seu íntimo, porém, sabia inútil qualquer tentativa de luta. O inimigo cerrara as garras e agora o possuía. Fizessem dele o que bem entendessem.

Taciturno, à medida que o auto corria, procurava lembrar-se. A mulher tateava assuntos, mortos sem eco. Construía um futuro e o depositava em pleno centro de gravidade. Com poucos meses de tratamento seria recuperado. Então, tudo voltaria a girar em torno dele. A vida seria como antes. As crianças perderiam o medo. Teria de reconquistá-las, era óbvio. Também, pudera, depois do que haviam presenciado E, sobretudo, ele próprio não precisaria mais temer o inimigo. Aquilo o abandonaria para sempre.

A primeira vez levara em conta de pequeno lapso de linguagem. A repetição contínua, verificada não somente em palavras, mas em frases inteiras, fizera-o lançar mão dos primeiros medicamentos. Estava esgotado, era evidente. Falara-se em "surmènage". Trabalhara em excesso nos últimos meses, e o cérebro agora ressentia-se. Falhava-lhe sem prévio aviso, não importava onde nem quando. E de forma traiçoeira às vezes, fazendo-o passar por grosseiro, violento. Metendo-o em brigas que, em absoluto, não quisera provocar. Sensível, de temperamento cordial, com laivos de um lirismo mal dissimulado, fora-se aos poucos transformando em seco e hostil indivíduo.

Evitava sair. Cada dia mais se enclausurava, receoso do que pudesse acontecer. Até mesmo da mulher, de quem sempre fora tão amigo e companheiro, agora resguardava-se. O medo e a apreensão constante que o dominavam não repartiria com ela. Fingia não perceber em seu olhar o magoado pasmo ante certas atitudes bruscas, ante ásperas palavras que não conseguia conter. Doía-lhe sentir o pavor nos olhos dos filhos; já não via o respeito impregnado de admiração e afeto. Sabia que agora o temiam.

Perdera o controle sobre as palavras. Escapavam-se-lhe dos lábios — autônomos elementos, absolutamente independentes de sua vontade — expressando aquilo que não pensara. Sem relação alguma com o que pretendera dizer. E percebia perfeitamente quando a coisa acontecia, antes mesmo que reações alheias a confirmassem. Aos primeiros sinais da aproximação do inimigo, concentrava-se profundamente, exigia do cérebro desesperado esforço. Tudo em vão, constatava, ao ouvir a palavra ou frase estranha, insulto à sua inteligência, à sua lucidez. Que o derrotava.

Períodos havia de verdadeira trégua. Diminuída a tensão, consideradas infundadas as apreensões, eis que de repente tudo recomeçava. E aquele zunido familiar, num crescendo, enchia-lhe os ouvidos. Vagamente turbada, a visão fazia-o titubear, à procura de um apoio qualquer. Tremiam-lhe as mãos e a palidez apoderava-se de seu rosto. Não perdia os sentidos. Não delirava. No momento em que as pronunciava, como se de outra boca proviessem, tinha a consciência de que não eram aquelas as palavras. Tinha a exata noção do erro, sem entretanto poder corrigi-lo.

Perturbou-o a lembrança, e, incontida, crispou-lhe a fisionomia. Os dedos da mulher pressionaram-lhe a mão incutindo alento. E, inexorável, a viagem prosseguia.

Simulado interesse na paisagem permitia ao passageiro defender-se da mulher. Que o acompanhasse, aceitara. Mas que o seguisse no doloroso rumo das evocações, não iria evidentemente consentir. Não desejava ser descortês, nem pretendia magoá-la. Contudo, afastaria não importa quem se interpusesse. Nessa rota de tortura ninguém o seguiria.

Das palavras às ações, a transição não se processara de maneira lenta. Em súbito e imprevisto golpe, o inimigo apossou-se também de seus gestos. Em meio a uma carícia, num repente, enrijecia-se-lhe a mão e dominava-o irreprimível vontade de macerar, de triturar. Os filhos evitavam-lhe os agrados; sabiam qualquer afago pronto a transmudar-se em gesto de doloridas consequências. A mulher escondia-lhe o temor e estoicamente suportava seus abraços. Que ele não se desse por vencido, era o que importava. Que não se rendesse ao inimigo. Ela, a mulher, continuaria a manter confiança.

Esse estado de coisas, todavia, não podia perdurar. Sentia-se inútil; mais que isso: perigoso. Pensou em tudo abandonar. Largar a família seria injusto, impiedoso. Mas, acaso não seria livrá-la de ameaça constante? Entretanto, reconhecia-se sem forças para se defender. Sozinho, mais do que nunca, estaria à mercê do inimigo. Talvez fosse preferível outra espécie de fuga — a definitiva, a que não permite retrocesso. Olhos vigilantes devassavam-lhe as ideias, imploravam que o não fizesse.

Foi então que, certa noite, após relativo período de tréguas, o inimigo atacou-o de forma exasperante e irremediável. Nem mesmo a presença dos filhos respeitou.

A tranquilidade do serão familiar enchera-o de segurança, como havia muito não desfrutava. Súbita ternura, durante meses voluntariamente esmagada, impeliu-o para junto da mulher. A mão erguida desceu saudosa pelos cabelos, roçou a face, e descansou no ombro da mulher. Sentia-se senhor de seus próprios gestos, de suas palavras. Dono de si mesmo como sempre fora. O senso de propriedade inundou-o de imensa euforia. Tudo voltava a lhe pertencer. Seus eram os filhos; sua, a mulher. Faria nela todas as carícias contidas: era a sua mulher. Começaria ali, naquele mesmo instante, para mais tarde extravasar o amor, a gratidão. O cérebro comandava, dosava a emoção, e os dedos moviam-se leves, suaves.

Através da névoa que lhe embaçou a vista, uma imagem de olhos esbugalhados e boca escancarada contorcia-se sob suas mãos. Em meio a zunidos distinguiu, longínquos, os gritos dos filhos. Grudados ao pescoço da mulher, firmes, rebeldes tenazes, os dedos apertavam, apertavam. Inacessíveis ao seu controle, distantes, desligadas partes. Teriam feito dele um assassino, não fora a pronta intervenção de um vizinho.

Foi a única vez em que, passada a crise, perdeu totalmente os sentidos. Durante longas horas permaneceu desacordado. Ao voltar a si todas as deliberações já haviam sido tomadas. Inerte, passivamente as aceitou. Se mais tarde esboçou tímidas objeções, foi com o exclusivo fito de enganá-los. Era preciso fingir que ainda vivia.

    Virou-se para a mulher. As marcas roxas em seu pescoço — presença viva que o humilhava — fizeram-no imediatamente desviar o olhar. A viagem prosseguia, aproximava-se do fim. Passageiro em seu rumo inelutável, o homem cerrou as pálpebras e esperou.

Fachada

A empregada abriu a porta e introduziu os primeiros convidados.

Na fisionomia do anfitrião, as olheiras apenas eram resquício da noitada anterior. Não fora à repartição, como sempre acontecia em semelhantes ocasiões. Passara o dia deitado, cuidando do fígado. Agora, após prolongado banho, bem barbeado e corretamente vestido, desfazia-se em mesuras e sorrisos. À medida em que chegavam os convidados, seus gestos e palavras cresciam em formalismo.

Mulher e filhos esforçavam-se para imprimir maior naturalidade à conversa. Afinal de contas, tratava-se de um jantar íntimo. Exceto o casal homenageado, os poucos convidados eram pessoas da família. E aquele ambiente de frieza podia surtir efeito contrário. Se a finalidade era obsequiar o industrial, visando a negociações futuras, cumpria não deixá--lo cacetear-se. Pouco adiantava tivesse a dona da casa se esmerado na escolha do cardápio, no arranjo da mesa, e em outros pequenos detalhes de ordem doméstica que lhe tinham absorvido a tarde toda. O necessário era criar um ambiente de cordialidade, que propiciasse retribuições, novos encontros.

Empertigado em sua poltrona, o anfitrião perorava. Gramática impecável, dicção muito precisa, conduzira o assunto para terreno em que pudesse brilhar: questões jurídicas. De quando em quando, algum convidado, inutilmente, tentava desviar a conversa para um plano de interesse geral. Inquieta, a mulher observava. Não lhe era dada a menor oportunidade de interferência. Ao aviso de que o jantar fora servido, conseguiu, finalmente, imprimir novo rumo à conversa.

Discutia-se a geração jovem, sua total ausência de inibições e preconceitos. Seu amoralismo — sentenciou, grave, o anfitrião. Um dos convivas, marcado por leve crosta de leituras freudianas, achou-se na obrigação de analisar o fenômeno à luz da psicanálise. Outro, de maneira irredutível e ardorosa, defendia os jovens: via-os interessados, participantes na vida política e artística do País. O que deixou o dono da casa um tanto irritado. Quanto à política, uns esquerdistas, de cujos jargões andava farto. Quanto às artes plásticas e à literatura, tinha então sentido o que vinham realizando? Se é que se podia empregar o verbo "realizar" para aquilo. Podia alguém, realmente, gostar do que agora se pretendia impingir como arte?

Dominado o breve instante de irritação, voltou à empertigada postura, e, em moduladas palavras, dirigiu-se ao industrial. Queria saber-lhe a opinião.

A resposta veio um tanto evasiva. Em decorrência de sua profissão, devia interessar-se por todas as manifestações artísticas, visando a possibilidades de uma indústria aplicada. Possuía mesmo dois ou três quadros de artistas contemporâneos, não que os apreciasse muito; complementavam a decoração de sua casa.

Ele, o anfitrião — com todo o respeito que lhe merecia a opinião do industrial — jamais permitiria em suas paredes semelhantes monstruosidades. Nem admitia relações com seus autores. Havia pouco tempo, sua filha pretendera convidar para uma de suas reuniões um pintor moderno e um poeta que se dizia de vanguarda. Proibira-a terminantemente. Não eram pessoas com as quais se pudessem manter relações.

Gente boêmia, sem trabalho fixo, dada à embriaguez. Fazia absoluta questão de que os filhos se dessem com pessoas do mesmo nível social. Podia expressar-se sem constrangimento, estava entre amigos, oriundos todos de excelentes famílias, de sólidas raízes. Parou a tempo.

Entretido com os últimos goles de vinho, instintivamente o industrial postou-se em atitude defensiva. Aquela mania de família! Parecia persegui-lo. Onde quer que fosse tinha sempre de se precaver contra alguma alusão — muitas vezes propositada, outras tantas sem a menor intenção de feri-lo. Como era o caso agora, percebia-o claramente.

Moça e rapazes entreolharam-se. Já não bastava tivesse o pai atacado os artistas de maneira tão antipática, generalizando, falando em boêmia e embriaguez, situando-os praticamente à margem da sociedade. E, para completar, saía-se com aquela incorrigível mania de família.

Passaram para a outra sala. Terminara o jantar, felizmente.

Solícito, o dono da casa tentava desfazer o mal-estar. Oferecia-lhes excelente conhaque — francês, evidentemente — e, com habilidade, introduzia novo assunto: bebidas. Qualidades e safras desfilavam, ajudando a aquecer o ambiente.

Era uma pena não pudesse acompanhá-los, dizia, mas não queria abusar. Na véspera comera algo que lhe fizera mal. Aliás, nem fora ao trabalho. Passara o dia deitado. Levantara-se — com todo o prazer, sublinhou — para recebê-los.

Tomara surtisse efeito a deixa para que não se retirassem demasiado tarde, pensou a mulher. Achava-se extenuada. Durante o dia, todos aqueles preparativos para o jantar, quando após tão mal dormida noite, o corpo só pedia cama. Porque, na véspera, o marido fizera mais uma das suas repetidas e intermináveis noitadas. Permanecera longas horas à sua espera. Cansada, cochilara no sofá. Acordara sobressaltada com tremendo barulho no portão. Pareciam querer arrebentá-lo. Era ele, o marido, que chegava.

* * *

Afastou-se um pouco, e, com violência, lançou o corpo de encontro ao portão. Foi-se estatelar no chão do outro lado. Passou as mãos pela roupa, já bastante amarfanhada, procurando limpar a poeira. O que importava era abrir o portão, e isso conseguira. Ergueu-se vacilante — pesavam-lhe demasiado as pernas — e dirigiu-se para a porta. Dessa vez, tão logo meteu a mão no bolso onde costumava guardá-la, encontrou a chave. Foi-lhe poupada, entretanto, a luta para acertar com a fechadura. Era o que mais o irritava em semelhantes ocasiões; certa vez, perdera a paciência, metera com raiva o pé na porta, acordando vizinhos. Fora um escândalo, humilhação para a família, dissera-lhe no dia seguinte, muito ofendida, a mulher.

Mal aproximou a chave da fechadura, a porta foi aberta. Deu de cara com a mulher.

Não havia necessidade de ter esperado acordada, falou de maneira ríspida, iniciando o ataque, antes que ela o fizesse. E não começasse com lamúrias, que não estava para aturar caceteação. Saíra com um amigo, apenas isso, nada fizera de mal. Então, um indivíduo que trabalhava o dia inteiro, isto é — corrigiu — metade do dia, um funcionário honesto, eficiente, não tinha o direito de se distrair um pouco? Que ideia fazia ela de um homem, burro de carga da família, boneco cuja extensão de corda não excedia os limites de casa-repartição, repartição-casa? Pensava que era bom ficar enfiado entre quatro paredes o dia inteiro, isto é — precisou novamente — metade do dia, trabalhando para os outros? Um brilhante causídico — causídico, ouviu bem? — desgastando a inteligência entre imbecis. De que lhe valia a erudição, de que lhe servira o pomposo nome de família?

Falasse mais baixo, pediu-lhe a mulher, podia acordar os rapazes. A filha fora a uma festa, devia chegar a qualquer momento. Era melhor que se deitasse logo, antes que a moça o apanhasse naquele estado.

Ora, então ela consentia em que a filha permanecesse fora de casa até altas horas da noite, e tinha o desplante de censurar o seu estado? Era o cúmulo! Sentia-se muito bem, perfeitamente bem. Podia ingerir o dobro. E fazia questão de ficar acordado à espera da filha.

Encaminhou-se para a sala. Suas pesadas pernas, incontroladas, foram bater em pequena mesa, revirando-a. Pedaços de cristal espalharam-se pelo chão. Bem feito! Onde já se viu deixar mesa tão frágil em lugar de passagem? Só mesmo para ser derrubada. E não pensasse que ele iria comprar outra "bombonière" daquele preço. Se a mulher não sabia cuidar de um objeto caro, paciência, ficasse sem ele.

Calou-se. Abaixado, procurava juntar fragmentos de cristal, súbita náusea fê-lo agarrar-se a uma cadeira. Enorme golfada de vômito empapou o tapete, grudou-se, viscosa, a pedaços de cristal. A mulher virou o rosto e afastou-se: para seu estômago delicado o espetáculo era demasiado enojante. E não poderia, àquela hora da noite, chamar a empregada; não seria justo acordá-la, e, sobretudo, não permitiria que ela presenciasse tal cena. Faria tudo para evitar a humilhação. Limparia o tapete, inclusive. Não seria a primeira vez.

Fisionomia enojada, profunda irritação crescia em seu íntimo. Estava farta de aguentar as consequências dessas intermináveis bebedeiras. Promessas e mais promessas não cumpridas: ao menor pretexto, ele tornava a embriagar-se. Às vezes com amigos ou companheiros eventuais, outras vezes absolutamente só. Entrava no primeiro botequim que encontrasse, e lá permanecia, taciturno, sorvendo copo após copo. Voltava barulhento, falando alto. Constantemente terminava a noite estendido no sofá da sala, ou largado sobre o tapete. Madrugada ainda, ela o acordava para que subisse ao quarto. Não queria que a empregada o encontrasse ali. Era preciso esconder dos filhos. Como se eles não soubessem, como se não se prestassem àquele jogo de simulações, em que todos escamoteavam a verdade. Retendo a respiração para melhor suportar o mau cheiro, a mulher executava o serviço de limpeza. Ser obrigada a semelhante trabalho! O ronco do marido aumentava-lhe a raiva. Sepulcro caiado — veio-lhe à mente a imagem bíblica. Podre era o que ele era. Podre, e sempre ditando moral. Acaso desconhecia ela os seus negócios realizados fora do expediente burocrático? Sempre amparados na lei. Que prejudicassem os outros, nada significava para ele: sentia-se de consciência tranquila, "escudado na lei", como costumava dizer. Leis, regras de conduta, convenções sociais. Que os filhos não fizessem isto, que não fizessem aquilo — quando se tem um nome de família é preciso zelar, a razão deve sempre prevalecer — frases e mais frases, rotuladas todas. Abrigadas em sua moral de fachada, de onde, sem se dar conta do ridículo, ele as extraía para exibir aos filhos — cada caso, seu rótulo adequado.

Terminou a limpeza e subiu. Deixou o marido largado no sofá da sala. Sabia que naquele momento não conseguiria arrancá-lo dali. Além do mais, precisava descansar um pouco; no dia seguinte teriam visitas para o jantar.

Os olhos

Senti pessoas ao meu redor. Sussurro de vozes, cujo significado não consegui apreender. Abri os olhos: a mais completa escuridão. Tentei erguer-me. Lancinante dor de cabeça imobilizou-me o esforço. Relaxei os músculos doloridos e, inerte, procurei lembranças. Fatos, precisava de fatos. De maneira lenta, árdua, o cérebro começou a trabalhar. Era como se uma nebulosa se desfizesse em nuvens de contorno preciso e as imagens, aos poucos, surgissem nítidas. Inteiramente desligadas, entretanto. Nada formava sequência. O esforço despendido deixava-me exausta. Um suor frio umedeceu-me as mãos, o coração bateu acelerado. Profunda náusea juntava-se agora à dor de cabeça. Percebi alguém tomar-me o pulso. Era preciso descansar, descansar... Mais tarde faria nova tentativa.

Minutos, horas, um dia inteiro talvez. Impossível precisar o lapso de tempo decorrido entre um e outro momento de lucidez. Dificilmente conseguia vencer a sonolência que me prostrava. Abri os olhos novamente: a mesma escuridão. Experimentei movimentos. Ergui as pernas — pesadas, terrivelmente pesadas — mexi as mãos, tentei levantar a cabeça. Pontadas finas martelavam-me a nuca. Rápido pensamento atravessou-me, então, o espírito: sofrera uma concussão cerebral provavelmente. Daí a necessidade de permanecer no escuro. Começava, aos poucos, a entender as coisas e, à medida que a memória precisava fatos, crescente pavor tirava-me da letargia. Que órgãos teriam sido afetados? Conseguiria falar? Pedi que iluminassem o quarto. Soaram-me de maneira estranha as palavras articuladas; não era a minha voz. Expressava-me com imensa dificuldade e não reconhecia os sons guturais que me chegavam aos ouvidos. Ficasse quieta, disseram-me. Precisava de repouso absoluto. Tudo viria a seu tempo.

Ao tomar consciência da cegueira, não foram de revolta os primeiros momentos, mas de perplexidade e completa inadaptação a meu novo estado. A revolta veio sim, mais tarde, porém, esgotados os pretextos que me mantinham agarrada a uma esperança vã. Quando já não via razão para crer em palavras animadoras, mas evidentemente falsas; quando já não existiam motivos para simulações. No instante em que aceitei como definitiva a minha nova condição, instalou-se então a revolta. Irritava-me a dependência, a total dependência em coisas as mais insignificantes. Gestos simples, cotidianos — apanhar um copo d'água, acender uma luz — transformavam-se agora em humilhante busca. Todo um aprendizado fazia-se necessário para que eu pudesse prescindir dos outros. Movimentos desajeitados desencorajavam-me, e, com sufocado rancor, entregava-me à minha inutilidade.

Tivera muita sorte, em vista das proporções do acidente, diziam-me. E a palavra *sorte* soava-me de tal forma exasperante, que a custo conseguia abafar um palavrão. Afinal de contas, seria absurdo descarregar neles a minha raiva. Que culpa tinham? Controlava-me, portanto, e ia engolindo humilhação sobre humilhação.

Os primeiros dias passei-os trancada no quarto, tão isolada quanto possível. Evidentemente não podia mandar às favas certas regras elementares de polidez. E, além do mais, eu dependia dos outros para tudo. No hospital, era-me mais fácil suportar. Constrangia-me menos ser atendida por profissionais que nada mais faziam que sua obrigação. Agora, entretanto, de volta para casa, recuperada — segundo diziam — porém inútil, era-me profundamente penosa e, sobretudo, humilhante essa total dependência. Tranquei-me. Toda e qualquer tentativa de conversa ia de encontro à minha barreira de monossílabos. Discos, longa duração, sucediam-se na vitrola trazida para meu quarto. Escolhidos a critério médico, deviam interpretar o meu estado de espírito e constituir o veículo onde escoasse a minha raiva. Sinfonias grandiosas, músicas violentas vibravam-me nos ouvidos; e, realmente, a terapêutica parecia funcionar. Durante esses momentos pelo menos, sentia-me como que apaziguada.

Alternavam-se as fases de depressão e revolta. Invadia-me, porém, com o decorrer do tempo, insidiosa vontade de mover-me, de aprender a fazer as coisas integrada em minha nova condição. Gestos bruscos suavizavam-se, reduziam-se os esbarrões. Apalpava objetos, aprendendo-lhes o contorno: distinguia ruídos, descobria sons. Ampliei meu campo de busca. Do quarto passei a outros aposentos. Um dia saí para o jardim.

Readaptei-me, então, à monotonia do cotidiano. Audição e tato aguçados ao extremo auxiliavam-me, evidentemente de maneira a mais elementar, a suprir a falta de visão. Face ao inevitável, entregava-me a um conformismo conscientemente exacerbado, que, vez por outra, culminava em crise de desespero.

Faziam-se experiências de transplantes de córnea, e acenaram-me com uma extraordinária possibilidade. Que não me entusiasmasse demasiado, entretanto. Poderia malograr a tentativa. Inúteis, porém, tantas recomendações e cautela. Brotara o insignificante fiapo de esperança, e já nada o conseguia conter. Vivo colorido invadia-me os sonhos; tons verdes, vermelhos, violáceos, misturavam-se a carregados matizes num jogo de luzes que me entontecia. Extensos gramados, canteiros floridos e, de repente, a vastidão de um azul profundo.

Acordada, forçava a memória a reproduzir certas tonalidades: queria romper a escuridão em que mergulhara.

A expectativa trouxe-me novo sentido à existência. Com ansiedade e temor, submetia-me a todos os preparativos.

* * *

Pouca gente à minha volta. Soou-me trêmula a voz de meu pai. Ouvi ruído de instrumentos de que o médico se iria utilizar. Braços descidos ao longo do corpo, procurei algo a que me pudesse agarrar. Firmei as mãos no assento da cadeira, e esperei.

Uma superfície branca da qual se destacava rubro e farto ramo de rosas, foi a primeira imagem. Mentalmente agradeci a terapêutica de boas-vindas. Era como se me desejassem florido o mundo que eu acabava de recuperar. Um rosto aproximou-se do meu. Moreno, sulcado de rugas, a boca entreaberta em sorriso. Moveram-se os lábios e deles ouvi a voz de minha mãe. Voltei-me para o outro lado. Um homem alto, de tez pálida e cabelos grisalhos — fisionomia também estranha — falou com a voz de meu pai. Virei-me de novo para a mulher e encarei-a. Olhou-me com ternura. Dirigia-se ora a mim, ora ao indivíduo alto, que lhe respondia com a voz de meu pai. Meus olhos iam, atônitos, de um a outro; fixaram-se indagativos nos do médico. Recebi um sorriso satisfeito, de evidente orgulho. A enfermeira guardava os instrumentos, como se me dissesse que podia sair. Encerrava-se o caso.

Levantei-me à procura de um espelho. Dois olhos verdes fitaram-me sem a menor simpatia. Fios de cabelos brancos misturavam-se aos castanhos, meu rosto emagrecera, enorme cicatriz marcava-me a testa. Senti pena de mim mesma. Tão envelhecida, em tão pouco tempo. Procurei dominar a emoção, mas não consegui evitar que lágrimas me enchessem os olhos. Essa face gasta trazia-me de volta, naquele instante, todos os momentos de desespero. De repente, entre meu rosto e o espelho, intercalou-se uma fisionomia jovem de longos cabelos lisos e tez morena; e, com os meus olhos, os meus novos olhos verdes, encarou-me de maneira irritada. Por um segundo apenas, porque, ao voltar de um recuo sobressaltado, deparei com a minha própria face. Envelhecida, gasta, porém a minha face.

Saímos. A meu lado, a mulher e o homem falavam e agiam como meus pais. De quando em quando, intrigados, observavam-me. Atribuíam, por certo, minha atitude estranha à comoção dos primeiros momentos, e procuravam distrair-me. Mostravam-me edifícios, avenidas — novas umas, alargadas outras, informavam — residências, lembra-se de fulano? Agora reside aqui. Sicrano ainda mora na mesma casa, essa praça foi totalmente remodelada, puseram abaixo os prédios de tal rua. E o que meus olhos divisavam era uma paisagem desconhecida. Voltava-me para os pontos indicados e não conseguia ver as imagens descritas.

O carro seguia por larga avenida beirando a praia. Coqueiros esparsos surgiam da areia fofa, alva. Raras ondas quebravam a placidez do mar. Perplexa, eu contemplava tudo aquilo. Na minha cidade não havia mar, e agora, ante meus olhos, aquela verde extensão, de quando em quando recortada pela espuma branca. Via o mar e não lhe ouvia o ruído, não lhe sentia o odor. Era como se observasse uma paisagem de cartão postal: nítida, bela, porém morta.

Tumultuavam-se perguntas em meu cérebro, chegavam-me aos lábios e, atemorizada, eu as retinha. Não ousava falar.

Entramos em imensa casa térrea, onde tudo me era estranho. Não reconhecia os aposentos, nunca vira aqueles móveis. Aparvalhada, sentei-me. E começou a chegar gente. Amigos, parentes — diziam-me — que me vinham trazer as congratulações. Faces estranhas sorriam para mim, mãos desconhecidas apertavam as minhas. Em vão procurava naqueles rostos qualquer traço de semelhança com pessoas que conhecera, com alguém de meu convívio. Inútil. Nem um ponto de referência, nenhum sinal, nada que me pudesse auxiliar. O acidente não me afetara a memória, e eu podia, com nitidez, reconstituir determinadas fisionomias. Lembrava-me de pormenores, fixava-me em certos ângulos, e estabelecia paralelos. Entre as faces que, durante anos, aprendera a conhecer e essas que agora me rodeavam nada havia em comum.

Pretextei cansaço. Fechei-me em meu quarto. Um quarto tão diferente de mim, tão diferente de tudo quanto eu apreciava. Meus livros, onde estariam meus livros? Nas paredes, destituídas de estantes, espalhavam-se retratos de artistas em posições as mais diversas. Cortinas de cores berrantes e mal combinadas denotavam mau gosto. Imenso espelho atraiu-me a atenção. Aproximei-me. Meus olhos verdes brilhavam irônicos. E, por um instante, entre mim e o espelho, interpôs-se novamente a mesma face jovem, de longos cabelos lisos e tez morena. Por um breve instante apenas, porque logo deparei com o meu rosto gasto, as profundas olheiras dando-lhe um aspecto de desalento. O olhar tão-somente o olhar, conservava um brilho jovem e zombeteiro.

Começou, então, a luta. Recusavam-se os olhos verdes a fazer parte da minha existência. Fixavam imagens de um mundo que não era o meu. E, muitas vezes, sobrepondo-se à minha face, surgia-me através do espelho, num relance apenas, aquele rosto moreno, de expressão irritada.

Todo um mundo diferente, de imagens e pessoas estranhas, desenrolava-se à minha vista. E essa oponência entre visão e memória deixava-me profundamente aturdida. Não podia aceitar imagens não apenas soltas de suas raízes, mas inteiramente dissemelhantes. Sem o mínimo elo de ligação com imagens anteriores, que eu aprendera a ver, e, sobretudo, a amar, pois que durante anos a fio haviam sido parte da minha vida.

Embora os meus novos olhos me proporcionassem momentos de prazer e emoção, eu vivia em constante aturdimento, imprensada entre o meu passado e uma realidade presente que não a minha.

Era-me impossível esconder tal estado de espírito. Por mais que tentasse disfarçar, nas mínimas coisas evidenciavam-se a insegurança e o nervosismo. E como explicar a outrem o absurdo de tal situação? Quem iria acreditar que esses meus novos olhos viam apenas aquilo que bem desejavam, agressivos em sua autonomia, recusando qualquer interferência de minha parte? Ter-me-iam, por certo, como louca. Eu própria já começava a duvidar de minha sanidade mental, tal o desassossego e perturbação de espírito em que vivia mergulhada.

Maldizia a hora em que me havia submetido a essa operação, pois, à medida que o tempo passava, mais irritados pareciam tornar-se os olhos. Davam-me a impressão de querer saltar das cavidades. E se consegui chorar, quando pela primeira vez os utilizei e, refletida no espelho, vi minha face gasta, já agora não obtinha deles uma única lágrima. Permaneciam secos, frios, não importa a emoção que me dominasse.

Sentia-os, pouco a pouco, descolando-se das órbitas.

Quando, por fim, realizaram seu intento, minha família julgou que num assomo de desespero eu os tivesse arrancado.

O Caso de MA-63

Os primeiros sintomas surgiram na infância de MA-63. Seus pais, a princípio, pouca atenção deram ao caso, julgando tratar-se de coisa passageira, sem maior importância. Quando, entretanto, na adolescência, acentuaram-se esses sintomas, ameaçando torná-la uma criatura à margem — evidentemente seria segregada — a coisa mudou de figura.

Há longos anos não se ouvia falar em casos dessa espécie. Tinha-se notícia de que haviam existido, em proporções inacreditáveis, num extinto planeta chamado Terra, e podia-se mesmo a respeito compulsar os arquivos que SB-27 — apaixonado estudioso desse assunto — doara à Comunidade.

Quando os habitantes de Phyrrus, em sua expansão sideral, pousaram nesse planeta, só escombros restavam. No solo calcinado imensas crateras e ruínas por toda a parte. Ferragens retorcidas e vegetação carbonizada — desenhos de pungente lirismo — eram negras e entrecruzadas linhas destacando-se na extensão cinza. Semeados ao longo da praia, em meio a escombros, à beira das crateras, corpos contorcidos em posições as mais estranhas. Quase absoluta fora a autodestruição, relataram os poucos sobreviventes.

Ao serem trazidos os remanescentes do Planeta Terra, a fim de que se tentasse a sua integração ao novo meio, verificou-se tal inferior estágio de civilização, tal desnível em hábitos, reações mentais e tão grande dose de individualismo, que a primeira impressão foi a de que jamais conseguiria a comunidade absorver semelhantes criaturas. O estranho, porém, o que intrigava nesses indivíduos, era a deturpação constante do caráter, eram as suas reações mesquinhas e ávidas ante coisas as mais insignificantes, era o egoísmo fundamental do qual não se podiam despojar. Resultados de testes elaborados por psicólogos eletrônicos trouxeram à evidência mentes de tal forma conspurcadas, que a primeira medida de saneamento alvitrada foi a mais elementar: imediata lavagem de cérebro.

    Começou-se então a inculcar, de maneira lenta, porém enérgica, novo e sadio conteúdo nas mentes previamente esvaziadas. Esperava-se, não nessa geração nem na subsequente, mas talvez na terceira, que esses indivíduos se libertassem completamente das características legadas por seus ancestrais e pudessem fazer parte da Comunidade, dela usufruindo todos os benefícios como qualquer outro membro.

    Isoladas em imensa área, onde tudo lhes era facultado, exceto a liberdade de transpor os limites estabelecidos, as gerações sucediam-se orientadas pelos técnicos em reestrutura mental, cuidadosamente testadas pela maquinaria vigilante e devidamente catalogadas. Na quinta geração, ao se constatar a incidência de casos em proporções inexplicáveis e sobretudo injustificáveis levando-se em conta as medidas profiláticas rigorosamente observadas, decidiu-se permitir o cruzamento de uma jovem integrante do planeta Phyrrus com um dos descendentes dessa degenerada raça terrestre. Voluntárias apresentaram-se e a mais sadia psicologicamente, a que os testes revelaram com o caráter mais equilibrado e perfeito, foi a escolhida para levar a termo a experiência.

    Os filhos dessa união, todos eles, apresentaram características dignas de habitantes do planeta Phyrrus. Com imensa alegria acreditou-se enfim ter-se chegado à solução para que os últimos resquícios desse abominável legado fossem eliminados. Era necessário, entretanto, esperar que a geração seguinte o comprovasse. Mas, para profunda decepção, após tão longos anos despendidos em observações que absorveram material humano, maquinaria e gastos vultosos, verificou-se a existência de mais dois casos. Era o malogro definitivo.

Urgia fossem tomadas medidas drásticas; urgia isolá-los de forma radical — uma vez evidente e comprovada a inutilidade de prosseguimento das experiências — a fim de tornar absolutamente inviável qualquer espécie de contato desses indivíduos com os integrantes da Comunidade.

Em distante asteroide, até então inexplorado em virtude de operações cósmicas mais prementes, decidiu-se criar condições de vida que possibilitassem evacuar para essa área todos os descendentes de terrestres. Planos de transporte de elemento humano e maquinaria foram imediatamente postos em execução. Dentro do prazo previsto, transformou-se o inabitado asteroide em núcleos confortáveis, devidamente aparelhados e aptos a receber a população que lhes era destinada.

Entregues à própria sorte, após lhes terem sido dados os meios necessários à sobrevivência, os descendentes de terrestres foram deixados nesse asteroide (Terra II) e com eles cortada toda e qualquer espécie de comunicação.

Foi o que encontrou nos arquivos de SB-27, doados à Comunidade, quando alarmado com o caso da filha, os compulsou o pai de MA-63.

* * *

Na infância, pequenas atitudes não condizentes com a disciplina familiar nem com aquilo que lhe era ministrado no Ciclo Estudantil I, já mostravam em MA-63 tendências estranhas e reações que não constavam dos catálogos de orientação psíquica. Acreditando tratar-se de fase passageira, facilmente superável pelo meio ambiente, por ligeiras precauções e pelo próprio desenvolvimento psíquico da menina, nenhuma medida de caráter mais forte foi tomada. Ao cursar o Ciclo Estudantil II, acentuados os sintomas, MA-63 foi submetida a rigoroso tratamento de profilaxia mental. Pois que nessa época as consequências de suas atitudes já se faziam sentir nos que a rodeavam, chegando mesmo a repercutir de maneira bastante desairosa na eminente situação profissional de seu pai.

De uma sordidez sub-reptícia, criava equívocos, engendrava situações cujas consequências desastrosas constituíam o seu prazer. O esboroamento da vida conjugal de seu irmão, desfeita aos poucos, aparentemente sem justificativa alguma, fora trabalho lento, eficiente tática de palavras soltas ao acaso, provocando dúvidas, estabelecendo a desconfiança. Inútil, porém, incriminar MA-63, fazê-la alcançar a extensão da perversidade. A criatura deliciava-se com tais situações.

Depois de submetida a infrutíferas operações realizadas por cirurgiões os mais abalizados em intervenções mentais, verificou-se a impossibilidade de manter-se MA-63 na Habitação 18 D-9, onde morava com seus pais e dois irmãos. Quanto a seguir o Ciclo Estudantil III, era assunto fora de cogitação. Jamais poderia a Comunidade permitir fosse uma parcela (embora diminuta) de sua juventude exposta ao contato de moléstia tão rebelde e degradante.

Com profunda mágoa, viu-se o pai de MA-63 obrigado a afastá-la de si e dos seus. E mesmo não tivesse ele recebido a notificação do Conselho de Psicólogos do D-9, teria por si próprio tomado essa deliberação. Era insustentável o ambiente doméstico, incontáveis eram as queixas que diariamente recebia de parentes, amigos, e moradores do D-9.

Internou-a no Alojamento para Desajustados; o mais completo e eficiente organismo, em suas finalidades, a serviço de poucos pacientes. Na verdade, insignificante era o número de enfermos cuja permanência nesse Alojamento tornava-se necessária. Em geral, o indivíduo ali ficava durante alguns meses, saindo perfeitamente apto a preencher o seu devido lugar na Comunidade. E nunca houvera retorno.

MA-63, porém, constituía caso à parte. Exigia estudos minuciosos, vigilância contínua, intenso tratamento sempre à base de experiências novas. Tudo aquilo que para outra criatura provava-se remédio eficaz, em MA-63 não surtia efeito algum. Seu caso era debatido, dissecado sob todos os ângulos, sem que durante os cinco anos de sua permanência no Alojamento se evidenciasse qualquer melhora. A jovem gerava ao seu redor um clima de intranquilidade e confusão que contagiava pacientes, enfermeiros, e muitas vezes chegava a atingir os próprios médicos. Sua perversidade gratuita obrigava-a a períodos de absoluto isolamento: era-lhe vedada qualquer espécie de contato com outro ser. (Medida, até então nunca utilizada, mas imprescindível em seu caso).

Cinco anos de sua existência passou-os MA-63 no Alojamento para Desajustados. Cinco anos em que tudo se tentou. Esgotados os recursos de terapêutica mental, provadas ineficazes as inúmeras intervenções cirúrgicas, só restava entregar o caso ao Supremo Conselho de Psicólogos, a fim de que deliberasse o que se fazer de semelhante criatura. Os dirigentes do Alojamento sentiam-se incapazes de conservá-la por mais tempo sob sua responsabilidade.

Foi drástico o veredito: exigia o expurgo de MA-63 do planeta Phyrrus. E os membros do Supremo Conselho de Psicólogos, à procura de um lugar para onde pudessem enviar a jovem, após várias consultas a cartas espaciais, chegaram à conclusão de que o mais acertado seria levá-la para Terra II, distante asteroide do qual havia longos anos não se tinha notícia.

Cortada que fora toda a comunicação com os descendentes de terrestres, desde que para esse asteroide haviam sido evacuados, em Phyrrus nada se sabia a seu respeito. Sabia-se, entretanto, que MA-63 apresentava as mesmas arraigadas deformações psicológicas características desses indivíduos, e, assim sendo, junto deles deveria ser o seu lugar. Nada mais restava a fazer, senão prepará-la para a longa viagem.

Cosmonautas experimentados, seus próprios irmãos incumbiram-se de conduzi-la. Necessitavam apenas de tempo suficiente para cálculos precisos de localização do asteroide, distância a ser navegada, recursos em abastecimento, etc... Possuíam ambos grande tarimba em navegações de longo percurso, e estavam habituados a não se descuidarem dos mínimos detalhes. Agora, mais do que nunca, esmeravam-se. Tratava-se de navegar o desconhecido, e tratava-se, sobretudo, da responsabilidade que voluntariamente haviam assumido.

Durante meses, em busca do longínquo asteroide, a cosmonave cruzou o espaço sideral, carregando em seu bojo dois tripulantes e uma passageira cuja viagem não teria retorno. Através das escotilhas, a noite profunda e ininterrupta os envolvia em tédio. De quando em quando, antecipadas saudades irmanavam as três criaturas, estabelecendo clima propício à comunicação em que cada uma tentava deixar um pouco de si.

Lentos, enjoativos, escorregaram os meses, e, finalmente, os cálculos anunciavam a aproximação do asteroide Terra II. Ouvidos alerta, prontos a captar o menor sinal, os tripulantes puseram-se de sobreaviso. A nave encurtava rapidamente a distância que os separava da meta final, e os aparelhos receptores nada acusavam. Segundo as previsões, em muito breve espaço de tempo, estariam pousando no asteroide. Antes que o fizessem, entretanto, era necessário com ele estabelecer contato. Mas os chamados da cosmonave não recebiam resposta alguma: eram apelos que se perdiam no espaço.

Desceriam de qualquer maneira. Fariam um voo raso, de observação, e, escolhido o lugar adequado, pousariam no asteroide. Um simples imprevisto é que não os iria, por certo, impedir de levar a termo a missão.

MA-63, junto às escotilhas, observava a vertiginosa perda de altura. Atenção voltada para os instrumentos de navegação, seus irmãos sobressaltaram-se ao ouvir uma exclamação de pasmo. E então, horrorizados, eles também viram.

Do asteroide Terra II, só escombros restavam. No solo calcinado imensas crateras e ruínas por toda a parte. Ferragens retorcidas e vegetação carbonizada — desenhos de pungente lirismo — eram negras e entrecruzadas linhas destacando-se na extensão cinza. Semeados ao longo da praia, em meio a escombros, à beira das crateras, corpos contorcidos em posições mais estranhas. Nem um só movimento, nem um único som, absoluta destruição.

Uma segunda-feira

Limpou os espelhos. Uma das moças tirava o pó, outra recolhia os objetos esparsos, e a ajudante passava pano no chão. Era a rotina da segunda-feira. Competia-lhes deixar o salão em perfeita ordem, antes que começassem a chegar as primeiras freguesas. Terminavam sempre tarde no sábado; o movimento ininterrupto, mal lhes dava tempo, entre um e outro penteado, para ingerir rapidamente algum alimento.

Não viera no sábado anterior. A gerente concedera-lhe uma semana de folga, mas que estivesse em seu lugar na segunda-feira impreterivelmente. Fazia enorme falta, era uma das funcionárias mais solicitadas. Freguesas havia que só recorriam a seu serviço. Muito justo, e mesmo de praxe, que permanecesse em casa durante uma semana, mas — fora advertida — seria conveniente retornar logo ao emprego. Agora, mais do que nunca, iria precisar dele.

Vestido preto sob o uniforme rosa-pálido, fisionomia cansada, profundas olheiras. No olhar, o espanto; quase o mesmo espanto que a assaltou ao receber a notícia. Largara tudo e fora correndo para o hospital.

Agora voltava, e era preciso recomeçar. As mesmas frases, os mesmos gestos. E, o pior, recompor a máscara de solicitude com que atendia às freguesas, ouvia-lhes a conversa tola, executava-lhes ordens, caprichos. As colegas haviam-na recebido com expressões de carinho; e, certamente, naquele dia tudo fariam para tornar-lhe menos penoso o trabalho.

Não dependia delas, porém. Trazia dentro de si um vazio difícil de vencer. Sentia-se incapaz de retomar o cotidiano.

Recebeu os pêsames, agradeceu, e começou a enrolar o cabelo da freguesa. Respondia-lhe maquinalmente: sim, já o encontrara morto; fora tudo tão súbito. O motorista afirmava que ele insistira em atravessar a rua com o sinal virtualmente fechado para os pedestres; parecia estar com muita pressa. Havia testemunhas, inúmeras pessoas tinham presenciado. Eximia-se o motorista de qualquer culpa. O pai morrera algumas horas depois de ter sido levado para o hospital. Ao chegar, já o encontrara sem vida.

Ajeitou a rede e conduziu a senhora ao secador. Havia outra à sua espera. Na segunda-feira, geralmente, era bastante reduzido o número de freguesas, mas as que nesse dia procuravam o instituto de beleza quase sempre requeriam cuidados mais demorados. Eram tinturas, rinsagens, permanentes ou alisamentos. As manicuras trabalhavam sem pressa. O dia custava a passar.

Não o vira, mas era como se o tivesse visto — ensanguentado, estendido na rua, pessoas aglomeradas à sua volta. Depois, a sirena da ambulância, cujo ruído estridente não lhe saía dos ouvidos. Enfermeiros, médico, a maca. E a ambulância outra vez, correndo, correndo, até provocar-lhe náusea, vertigem. Brancas imagens desfilavam velozes ante seus olhos; bruscamente, interrompiam-se em obscura zona. Surgia-lhe, então, o rosto do pai como realmente o encontrara: rígido, estático em sua palidez terrosa. Os lábios entreabertos, como se estivessem prestes a pronunciar uma última palavra, ou a exalar um derradeiro gemido, quando a morte os imobilizara. A seu lado, aparvalhada, a mãe. Sentou-se e o choro, contido até então, irrompeu violento.

Lágrimas corriam-lhe pela face, enquanto ouvia, cabisbaixa, as recriminações da freguesa. Perfeitamente compreensível que a morte do pai a deixasse triste, deprimida, mas o que não achava justo era que ela, freguesa, viesse a sofrer as consequências disso. Se pagava — e, afinal de contas, não pagava pouco — exigia serviço bem feito. Aquilo, então, era coisa admissível em qualquer instituto de beleza que se prezasse? Vermelha, a irritada senhora passava o pente nos cabelos e, a cada vez que o fazia, o pente voltava cheio deles. Fios e mais fios desprendiam-se-lhe da cabeça. Qual cabeleira de boneca mal afixada, os cabelos soltavam-se aos chumaços.

Bem que avisara: a pasta para alisar não podia permanecer tanto tempo nos cabelos. A moça, porém, nem lhe dera atenção, imersa que estava em sua tristeza. Melhor fora não ter vindo ao trabalho, se nele não se conseguia fixar. Ela, freguesa, nada tinha a ver com os aborrecimentos alheios.

Pressurosa, a gerente tentava contornar a situação. Nada, entretanto, tinha o dom de acalmar a irada criatura, cuja raiva crescia à medida que lhe diminuíam os cabelos. Iria, evidentemente, processar o salão de beleza, a menos que lhe apresentassem alguma solução satisfatória.

Refugiada no lavabo, a moça dava larga vazão ao pranto. Soluços sacudiam seu corpo emagrecido, mal alimentado durante aquela última semana. Sentia-se fraca, sem coragem para enfrentar fatos, pessoas, e, sobretudo, esse incidente que justamente agora fora acontecer. Não era apenas a dor pela perda do pai que a deixava aturdida. Pesava-lhe demasiado a responsabilidade financeira que, súbito, lhe desaba sobre os ombros. Era tarefa superior às suas forças. Via-se envolvida em dívidas. Cifrões saltavam-lhe ao redor, comprimindo o cerco. Procurava uma brecha, e não encontrava por onde escapar.

Enxugou os olhos apressadamente. Batidas à porta e uma voz autoritária. Saísse, precisava falar-lhe.

Na voz da gerente já nada restava do tom com que a recebera pela manhã. Formalizada, ia diretamente ao assunto. Conseguira solucionar o caso da freguesa, oferecendo-lhe a melhor peruca que possuíam no salão. Seria, evidentemente, descontada de seus vencimentos. Como não estava mesmo em condições de executar mais nenhum serviço, voltasse para casa. Mas — prestasse bem atenção — no dia seguinte viesse disposta a trabalhar direito. Aquele incidente era injustificável e não se deveria repetir.

Tirou o uniforme, recompôs a fisionomia e saiu.

Olhos vagos, cabeça levemente aturdida, seguia o movimento de transeuntes e veículos na tarde ensolarada, quente. O vestido preto aumentava-lhe o calor. Olhava as vitrinas, sem que em suas retinas coisa alguma se fixasse. Atravessou sinais, dobrou esquinas, andou a esmo: era preciso fazer hora. Não desejava chegar em casa antes do horário habitual, queria evitar explicações.

Na praça arborizada crianças jogavam bola. Adolescentes passavam de regresso da escola, casais procuravam bancos isolados. Calor e a limpidez da tarde envolviam a praça. O pequeno vulto negro, humilhado era um ponto destoante na atmosfera que o cercava.

Baixou as pálpebras para esconder as lágrimas. Vergou os ombros ao peso daquela segunda-feira — a primeira de uma nova vida que dolorosamente se iniciava.

O piloto

Não, não estou louco. Sinto-me imbuído de absoluta lógica e perfeita lucidez. Não consigo, entretanto, chegar às mesmas conclusões que eles. E não compreendo porque, uma vez que em meus raciocínios utilizo-me sempre das verdades que eles me ensinaram. Não faço cogitações ao acaso; tenho por base aquilo que aprendi com eles. Se às vezes enredo-me nos fios da memória, a validez do raciocínio, todavia, não se torna prejudicada. É mera questão de cronologia; confundo-me ao situar os fatos. Quanto às consequências carrego-as comigo. Como os 200.000 pares de olhos, por exemplo.

Fixei-me neste número. Não que em minhas tentativas de contagem tivesse conseguido atingir tão alta cifra, mas em virtude de ouvi-los continuamente repetir. 200.000. Jornais, rádio, televisão. 200.000. Apontado nas ruas, em cinemas, em reuniões. Na missa dominical. Sim, porque eu orava. Entre outras verdades, haviam-me ensinado a verdade do espírito. E agora, não concedem ao herói um instante sequer para cuidar da própria alma. Fizeram de mim um herói, e minhas horas não mais me pertencem. Nada mais tenho de meu. Nem meus pensamentos, cujo fluxo é sempre interrompido pelos 200.000 pares de olhos.

Não se trata de mania de perseguição. Sou suficientementemente frio para não me deixar impressionar por essas baboseiras. Eu os vejo realmente. Suspensos no espaço, descolados das faces. Não me censuram, de nada me acusam — preferia que o fizessem. Fitam-me apenas com tristeza infinita. Às vezes, percebo uma interrogação; a mesma que sempre me faço: era justo? Verificando sinais de minha dúvida, os homens procuram apaziguar-me. Não havia outra alternativa, asseguram-me. Eu, porém, me pergunto: com que direito?

Durante anos e anos, esses mesmos homens ensinaram-me as leis de Deus, e as suas próprias. Tornaram-me um reflexo delas. E agora me dizem que a única alternativa era matar, e que em virtude disso sou um herói. Festejado e aplaudido, apontado onde quer que me encontre.

Sou o responsável pelo extermínio das 200.000 pessoas. Executei-o com um dedo apenas. O meu indicador, do qual já não me posso servir. Decepei-o há alguns dias.

Embora de nada me acusem, nem me censurem os 200.000 pares de olhos, sinto terrível necessidade de punição. E depois, julguei que, se me infligisse eu próprio algum castigo físico, eles talvez cessassem de me fitar. Ledo engano. Suspenso à minha volta, o círculo permanece. Vislumbro lágrimas prestes a rolar, mas que, entretanto, não rolam.

Dolorosa, porém inútil, foi a punição. Fiquei sem o indicador e tudo continua na mesma. Certa noite, não suportando a insistência com que me fitavam, e como parecessem estreitar o círculo ao meu redor, com dificuldade empunhei um revólver — faz-me enorme falta o indicador — e descarreguei-o diversas vezes sobre as pupilas. Inundaram-se de sangue. Durante momentos, envolveu-me rubra faixa que se foi aos poucos esmaecendo, para tornar-se de um cinza esbranquiçado. Esgarçava-se em nuvens, quando, súbito, adensou-se em imenso cogumelo. Asfixiado, corri para a janela e respirei sofregamente. Voltei-me ainda a tempo de contemplar a volumosa configuração varando o teto do aposento.

Nas paredes, em cada perfuração produzida pelas balas, incrustrou-se um olho. E, do fundo de sua tristeza, todos eles me encaram.

Bem sei que mereço castigos outros; a perda do indicador nada significa, embora acarrete sérias dificuldades. Busco pena maior, e para ela caminho inexoravelmente. Utilizo-me de pequenos atos de provocação — como o assalto à loja, por exemplo, — que se irão tornando mais graves, até que as autoridades sejam compelidas a tomar medida drástica. Importunarei pessoas, roubarei, hei de praticar violências de toda espécie; malgrado minha repugnância, chegarei mesmo ao assassínio frio, premeditado. Escolherei um indivíduo, um indivíduo apenas, mas o suficiente para que me enviem à câmara de gás. Então, essas mesmas autoridades que me honraram com condecorações, ver-se-ão obrigadas a lavrar minha sentença fatal. E a câmara de gás será o meu fim.

Em meio ao melancólico círculo, distingo um único olhar não contaminado pela mágoa. Límpidos olhos de menino, erguidos para o espaço cruzado de rotas, aquelas mesmas que, mais tarde, tantas vezes haveria de percorrer. Sobre sua mesa, minúsculos aviões em cuja meticulosa montagem suas horas de folga eram gastas. E à noite, olhos perdidos no céu, o menino sonhava. Anos mais tarde, ao executar minha missão de lançar bombas e arrasar cidades, destruí também a imagem do menino sonhador. Perdi-a durante longos e atrozes anos; e agora, desse menino que fui, voltam-me os olhos apenas, límpidos olhos destacando-se no círculo de que sou prisioneiro.

Não conseguiram ainda — eles que para tudo dizem ter solução — afastar de mim os 200.000 pares de olhos. Produto de injustificável remorso, asseguram-me. Absurdo complexo de culpa imaginária, insistem. Sigo-lhes a trilha dos raciocínios e procuro render-me a seus argumentos. Submeto-me a qualquer espécie de tratamento que possa restabelecer meu equilíbrio psíquico, segundo me informam, profundamente abalado. Suspenso à minha volta, o círculo permanece. Nesses olhos, dos quais nenhuma censura se desprende, encontro apenas a mágoa.

Repugna-me o emprego da violência e do crime — único caminho que me poderá conduzir à pena máxima. Cometido o assassínio, serei julgado e condenado. Que eu o execute, porém, de forma a que mais tarde não possam alegar insanidade mental. Não pretendo encompridar meus dias em um hospital de alienados, confinado neste círculo que jamais me abandona.

Onde quer que fosse, levaria comigo os 200.000 pares de olhos. É preciso que deles me liberte.

***

"O piloto que bombardeou Hiroshima foi novamente preso em Galveston, no Texas, quando pela terceira vez tentava assaltar uma loja, armado de um revólver de brinquedo. Claude Eartherly ficou louco quando soube que havia provocado a morte de 200.000 pessoas, ao lançar a primeira bomba atômica".

(De uma revista).

Reencontro

O telefonema deixou-me com a curiosidade aguçada e ansiosa por revê-la. Fora logo cedo.

Recém-saída da cama, ainda bastante sonolenta, atendi ao chamado e custei a identificar a interlocutora. Fornecidas as necessárias explicações, situei-a exatamente onde a deixara, isto é, vinte anos atrás. Minha memória trabalhou rápido: localizei-a com a maior precisão.

Podia fazer-lhe um favor? Tinha urgência em falar com meu marido. Viria à nossa casa, à hora que nos fosse conveniente. Combinado o encontro, pediu desculpas pela liberdade em procurar-me após tantos anos, justificou-se em nome de nossas antigas relações, e despediu-se.

Eu a tinha perdido de vista. Sabia que se casara com um homem rico, e fora morar em outra cidade. Entretanto, tempo houvera em que tínhamos sido quase íntimas. Sua beleza exercia verdadeiro fascínio sobre mim, nessa época desengonçada criatura, nem menina nem mulher. Meus gestos estabanados humilhavam-me ante a graciosidade de seus movimentos cadenciados, lentos. Todavia, não me vem à lembrança nenhum sentimento de inveja em relação a ela; admirava-a demasiado para isso.

Movido por uma espécie de reflexo automático que o põe sempre em defensiva contra intrusos, meu marido começou a opor uma série de objeções, tão logo lhe informei sobre o telefonema. Achava-se sobrecarregado de trabalho, chegava exausto; não teria, nem em sua própria casa, um pouco de tranquilidade? Por que não a recebia eu mesma, e lhe transmitia depois o motivo da visita? Afinal de contas, tratava-se de uma amiga minha. Podia perfeitamente entender-se comigo.

Objetei-lhe que a moça fazia questão de falar com ele próprio. E, até mesmo, por delicadeza, já que o assunto não me dizia respeito, eu me retiraria da sala. Que de argumentos usei para vencer-lhe a resistência! Ela não se demoraria, segundo me dissera. Provavelmente, iria direto ao assunto. Era pessoa de poucas palavras, não o aborreceria durante muito tempo.

Parecia irredutível. Devia andar mesmo sobrecarregado de trabalho, ou, talvez, alguma coisa que eu ignorasse o estivesse aborrecendo. Resolvi lançar mão de um último argumento, e espicaçar-lhe a curiosidade masculina. Teci os mais extensos elogios à beleza da moça. Só para vê-la valia a pena despender alguns minutos. E, além do mais, se ela pedisse algo impossível de ser atendido, era só usar de franqueza e recusar.

Consegui, por fim, sua aquiescência em recebê-la. E não cogitei mais do assunto.

Tratei de meus afazeres cotidianos, li, saí, movimentei-me de um lado para outro. Só bem mais tarde, quase à hora do jantar, voltei a pensar em minha amiga. E a memória devolveu-me, num repente, em imagem de contorno nítido, o rosto talvez mais belo que eu já vira.

Era preciso que me arrumasse um pouco. Terminado o jantar, cuidei imediatamente disso. Maquilagem caprichada, vestido bem escolhido, cabelos ajeitados com esmero, um último olhar ao espelho, e desci para esperá-la.

Meu marido lia os jornais, e eu me perdia em evocações. Forçava-as mesmo. Voltara-me de surpresa essa fase de minha juventude, e agora, com certo esforço de memória, eu revivia cenas esquecidas havia longo tempo. Passeios, festas fabulosas, músicas cujas letras relembrava. Era a época do "fox" lento, da canção romântica, de tudo aquilo que hoje soa demasiado açucarado. E, onde quer que estivesse, nesse período da minha existência, sua imagem sempre ligada à minha, sua face dominando todas as outras.

Altos, baixos, morenos ou louros, seus admiradores desfilaram pela sala, passaram junto ao jornal erguido, que meu marido mantinha nas mãos, e desapareceram por trás da poltrona. Sorriu-me com certa ironia um rosto que me pareceu mais familiar. Tantos anos passados, e a humilhação da zombaria atingiu-me em cheio. Utilizara-me como pretexto apenas, para se aproximar dela; e como eu custara a me aperceber da situação! Demasiado ingênua, um tanto vaidosa, talvez. Sei lá. Uma raiva retrospectiva apoderou-se de mim. Ergui-me bruscamente, e, com determinação, cortei qualquer imagem semelhante que me pudesse perturbar. Peguei um dos jornais, mergulhei no cotidiano.

Abri a porta eu própria, e mal consegui reprimir um movimento de contrariedade: aquela intrusa, bem na hora em que aguardava a minha amiga! Encarei-a indagativamente, ia perguntar-lhe o que desejava. Seus olhos fixaram-me de maneira tranquila, profunda; ergueu a mão, e, ao fazê-lo, alguma coisa em seu gesto, evocou-me certa lembrança. Esbocei um movimento de surpresa, sustive a tempo qualquer manifestação precipitada, controlei-me com inusitado esforço, e consegui dirigir-me à visitante.

Achara-a muito mudada? Foi a primeira pergunta. Percebera, evidentemente, a minha hesitação. Disfarcei o quanto pude. Exagerei embora soubesse como soava falso tudo aquilo no intuito apenas de evitar mágoas. Que devastação fizera o tempo naquele rosto! Nenhum traço da antiga beleza. Uma face sulcada, a pele áspera, macilenta. Acentuados os contornos, o semblante rígido. No olhar, que havia pouco fitara-me tranquilo, súbito pânico.

De passagem pelo vestíbulo, procurei avidamente o espelho. E de mim, que restaria? Uma fisionomia tensa, onde se refletiam pasmo e repentina tomada de consciência ante a voracidade do tempo. Desviei-me. Busquei de novo seus olhos, a fim de que me apaziguassem. Fitaram-me, já agora tranquilos outra vez. Fosse por mera questão de delicadeza, ou movida por pena ao constatar meu súbito e irreprimível pavor, ela procurou restituir-me a segurança. Eu nada mudara, disse-me; achava-me muito bem. O tempo parecia nem mesmo ter passado por mim, acrescentou, num excesso que julguei desnecessário. No momento, porém, palavra alguma conseguiria afastar a sensação que me invadira — melancolia, saudade, depressão, medo. Amálgama de emoções que me apanhara de surpresa, e situava-me violentamente no tempo.

Pedi-lhe que esperasse um pouco, enquanto iria chamar meu marido. Era necessário preveni-lo, a fim de evitar-lhe a decepção ao deparar com alguém tão diferente da visitante esperada. Pousando imenso embrulho sobre uma cadeira — quadros, aparentemente — ela disse que iria buscar um outro, deixado no carro, e voltaria logo em seguida. Após breves palavras, estávamos ambos, meu marido e eu, no vestíbulo, quando ela reapareceu. Passamos os três à sala de estar, e, com uma naturalidade bastante forçada, encetei a conversa, no intuito de deixá-la à vontade. Momentos mais tarde retirei-me, sob pretexto de providenciar café.

Chaleira, fogão, bandeja, xícaras. Minhas mãos moviam-me inábeis, o cérebro remoía, triturava, alisava a face sulcada e macilenta, devolvia-me o rosto de outrora. Recusava-me a aceitar sua fisionomia atual, e, ao fazê-lo, não era contra ela que me insurgia, mas contra a minha própria. Contra esses vinte anos que desabavam sobre mim. Viera-os esquecendo, camuflando, para num repente surgirem-me com violência nas marcas de uma outra face. Detestei-a, por um momento. Por que viera estremecer a sonolência em que diariamente eu sepultava os minutos?

Voltei à sala, com a bandeja de café. Espalhados pelo chão, sobre as cadeiras, quadros e mais quadros. Meu marido observava-os com um interesse misto de surpresa e satisfação. A seu lado, em atitude de expectativa, tensa, ela nada dizia.

Sem ousar interromper, coloquei a bandeja sobre a mesa. Meus olhos, deslumbrados, moviam-se de um quadro a outro: figuras desenhadas com um vigor e uma perícia de mestre. Mais do que dominada pela carga do conteúdo artístico e emotivo, sentia-me era perplexa ante a força criadora provinda de pessoa que eu conhecera tão frívola. Figuras humanas, crianças, jovens ou velhos. Os traços fortes, concisos, nenhum detalhe supérfluo. Rostos apenas, soltos no espaço; e mãos situadas em posições diversas, em ângulo que melhor compusesse o quadro. Em cada um deles, fosse figura de homem ou mulher, jovem ou velho, pareceu-me distinguir, integrado ao modelo, um traço da fisionomia de minha amiga. Como se, inesperadamente, ela quebrasse o grotesco de um semblante rude com certo traço de seu próprio rosto quando jovem. Como se quisesse deixar, em cada obra, alguma coisa — uma linha apenas — do que fora.

Dedicara-se à figura humana, falou. Paisagens, objetos, nada lhe diziam. Fazia retratos, somente. Começara havia cerca de sete anos. Estudara, desenhara muito, mas, até então, não havia tido coragem de expor. Não se achara suficientemente amadurecida. Agora — prosseguiu — sentia-se mais segura, e acreditava estar realizando algo que pudesse ser exibido. Queria a opinião de meu marido; prezava-a demasiado e conhecia-lhe a extrema franqueza.

Tomamos café em silêncio, olhos presos às figuras esparsas à nossa volta.

Ao manifestar sua opinião, evidenciava-se o entusiasmo. Entre tantas obras más que lhe mostravam ultimamente, era uma satisfação encontrar algo de valor, como aquilo que acabava de ver. Teria prazer em ajudá-la no que lhe fosse possível; comprometia-se a escrever a apresentação do catálogo, já que ela o desejava.

Trocamos ainda algumas palavras sobre arte e assuntos de ordem geral, e ela se levantou para partir. Nenhuma referência a marido ou filhos. Nada de caráter pessoal, a não ser aquilo que se relacionasse a seu trabalho.

Combinado novo encontro, para acertar detalhes, despediu-se e saiu.

Então, ela fora realmente bonita? Ninguém o diria. Há belezas que resistem, esmaecidas, desgastadas, mas permanecem e se deixam entrever na pureza de um traço, no contorno de uma linha. Afinal de contas, isso não tinha importância — comentava meu marido — o que importava era a obra que ela estava realizando. Fizera bem em recebê-la. Sentia-se feliz em poder ajudá-la.

De fato, para quem não a conhecera, pouco importava. Mas, para mim, a transformação daquela face era uma súbita enxurrada, levando tudo de roldão. Se eu a tivesse visto deslizar de maneira lenta, pouco a pouco solapando a superfície polida, talvez meus olhos se tivessem habituado.

A visita perturbara-me. Estava sem sono. Permaneci sentada, imóvel, presa de imenso saudosismo.

Sob o macilento emaranhado de rugas, a pele esticava-se, coloria-se. Dois olhos negros, límpidos, e, no fundo das pupilas, o inesperado desfilar de cenas havia longo tempo esquecidas. Fatos ressurgiam, desvinculados, sem cronologia; com a precisão, porém, de acontecimentos recentes. Como ponto de partida, um rosto apenas — imagem estilhaçando-se em inúmeras outras, movendo-se todas, vibráteis, ágeis, arrastando-me para o círculo. Deixei-me envolver, voluntariamente tomei parte no jogo. E as figuras, transformadas em peças encaixaram-se docilmente, cada qual em seu devido lugar. Súbito, alargou-se a tênue linha divisória, e, sem apoio, emaranharam-se novamente as peças. E o infindável rodopiar de figuras recomeçou. Já não conseguia encaixá-las, escapavam-me rapidamente das mãos, amontoavam-se umas sobre outras, deslizavam, perdiam-se. Acabara-se o jogo.

No dia seguinte seria a faina cotidiana, os mesmos gestos, as mesmas palavras, coisas de sempre, pessoas de sempre. E o aturdimento constante que, deliberadamente, embota lucidez e memória para um fluir sub-reptício de tempo. Que, entretanto, aflora ante inesperado reencontro, com a violência do fluxo longamente contido.

O *rictus*

Trancou-se no quarto. Tomou um comprimido, estirou-se na cama, e procurou descontrair os músculos da face. Impaciente, ergueu-se. Postou-se frente ao espelho, os lábios trêmulos em desesperado esforço. Pensou em coisas tristes, doenças, mortes, guerra, crianças sofrendo, homens torturados; ele próprio torturado, ameaçado, coagido, espancado, faminto, sedento. Seus olhos encheram-se de lágrimas, começou a soluçar. Os músculos rígidos, porém, mantinham abertos os lábios em infindável sorriso. Emoção alguma, melancólica ou terrificante, conseguia imprimir-lhe no rosto tristeza ou pasmo. Os lábios permaneciam entreabertos no sorriso fixo, estereotipado, com que saudava multidões, cumprimentava indivíduos, zangava-se, exasperava-se, beijava os filhos, a mulher. Aquele mesmo sorriso que horas e horas de uso contínuo haviam feito grudar-se em sua face, de onde nada o conseguia remover.

O enterro do filho. Amigos, conhecidos, pessoas que jamais vira. Cada vez mais gente, a multidão aumentando. Nem mesmo numa ocasião dessas davam-lhe sossego para poder chorar em paz. Que pretendia toda essa gente? Transformar em espetáculo seu sofrimento, devassar-lhe a vida íntima? Não, isso não estava certo. Quem comandava o "show" e trazia a público a desgraça alheia era ele. Que se invertessem os papéis não admitia. Chamaria a polícia, mandaria expulsar toda aquela gente intrometida, sádica, que desejava emoções às suas custas. Será que ninguém entendia que para isso havia dia certo e hora marcada, pessoas trabalhando, pessoas pagando, todo um mecanismo posto em andamento? Quem apertava os botões era ele. Deixassem-no em paz, junto da família e de uns poucos amigos, para poder chorar. Frente à multidão não conseguia. Olhava a turba afoita — mocinhas acotovelando-se, mulheres de meia-idade, crianças, alguns homens — e, reflexo automático, seus lábios abriam-se no sorriso que aquela gente se habituara a ver. Voltava-se para o caixão, fitava o filho morto, profunda dor oprimindo-lhe o peito, lágrimas escorrendo-lhe pela face, nos lábios, fixo, o sorriso.

Tirou férias. Foram para o exterior, ele e a mulher apenas. Pessoas estranhas, cidades grandes; e duas criaturas ignoradas, sem roteiro prévio, andando a esmo. Paisagens, vida noturna, vida de turistas desvinculados de excursões. Diminuíam as crises de angústia, espaçavam-se os acessos de choro. Em seus lábios, fixo, o sorriso.

Voltaram. Reiniciou logo o trabalho. Seu público esperava. Seus colaboradores, ansiosos, esperavam; dependiam dele. Não se para tão facilmente uma engrenagem. Nem ele se podia permitir esse luxo. Tinha mulher e os outros filhos para sustentar. Além disso, não atingira o ponto ambicionado. Havia ainda muito a fazer, muito a explorar. Ideias, esquemas, planejamento, tudo bem dosado — e o público em suas mãos. Alegria e tristeza intercalando-se, um pouco de ridículo, algumas doses de informações pseudocultural. Sons, gestos, muito movimento e, sobretudo, a motivação da massa ignara. Era só ter cuidado para não puxar demasiado os cordéis. Havia o perigo de arrebentarem. Sabia que, mais dia menos dia, isso poderia acontecer.

Ensaios. Entre um e outro número musical traziam-lhe: débeis mentais, aleijados, ex-viciados, subnutridos, gente que escancarava a miséria em altos brados, gente que se propunha a qualquer coisa para aparecer e receber em troca alguma coisa. Habituara-se àquilo. Olhava para tudo com frieza, indiferença; principalmente depois da morte do filho. Entretanto, ocasiões havia em que ainda se emocionava. Seus olhos inundavam-se de lágrimas. Nos lábios, fixo, o sorriso.
— O senhor acha graça?
— Como?
— Pergunto se o senhor está achando engraçado? Eu acho tristíssimo.
— Engraçado? Não! Absolutamente! É a coisa mais dolorosa que já vi!
— Ah! Então não compreendo.
Ele também não. Os músculos não lhe obedeciam.
A menina sem braços contorcia-se, movia os pés, utilizava-se deles para levar, com a maior dificuldade, o alimento à boca. Era deprimente, aflitivo, causava mal-estar. Seus colaboradores desviavam a vista. O parente que a trouxera apresentava uma fisionomia realmente compungida; embora isso não o impedisse de indagar quanto receberia pela exibição da menina.
Em seu rosto, fixo, o sorriso.
Decidiu não apresentar mais as cenas tristes. Como fossem imprescindíveis ao programa — visto que seu público as exigia — seriam anunciadas por um de seus auxiliares. Passaria a apresentar somente os números alegres e os musicais. Não temia a concorrência do auxiliar. O público pertencia-lhe. Conquistara-o, suadamente, programa após programa. Era a sua imagem que aquela gente desejava.

Totalmente insatisfatório o novo esquema, verificou, decorrido certo tempo. Servira-lhe apenas para evitar a impressão de que se divertia com a desgraça alheia. Por mais esforços que fizesse, jamais conseguia dominar o esgar que lhe arreganhava os lábios, fixando-lhe na face a máscara do riso.

Era um excelente filme, disseram-lhe os amigos. E ele precisava de distrações. Entrou só, no escuro, evitando ser visto. Ao se acenderem as luzes foi, imediatamente, reconhecido. Pessoas aproximaram-se apertos, confusão, empurrões, cumprimentos para um lado, cumprimentos para o outro. E o eterno, infindável sorriso.

Resolveu mudar definitivamente de trabalho. Faria qualquer serviço. Modesto, humilde; mas que não o obrigasse a lidar com multidões. Um lugarzinho sossegado, três ou quatro pessoas no máximo e o anonimato — era o que agora desejava. Já não ambicionava mais riqueza. Viveriam, ele e a família, perfeitamente bem com aquilo que conseguira acumular. Tinha mais do que o suficiente. Era só o tempo de indenizar colaboradores, rescindir contratos, ultimar negócios. Enfim, desmontar a engrenagem tão rápido quanto possível.

Isso feito, antes que iniciasse algum trabalho diferente e obscuro, submeter-se-ia a uma plástica.

Procurou o melhor cirurgião. Pediu opiniões, indagou, pesquisou. (Ficara-lhe o vício da pesquisa prévia — pesquisa de mercado, pesquisa de audiência, toda e qualquer espécie de pesquisa. Nada realizara, sem antes ouvir a opinião suprema do órgão pesquisador). Não fazia questão de grandes modificações na face; exigia apenas a eliminação absoluta do sorriso.

Um semblante bastante circunspecto, e uma conta elevadíssima, que não se importou de pagar. Alguns dias de repouso longe da cidade grande, longe de ruídos, fumaça, pessoas e amolações. Olhava-se ao espelho. Sentia-se tranquilo, seguro. Recomeçaria de zero, se preciso fosse.

Vendeu casa, móveis, objetos. Mudou-se para um bairro afastado. Fazia-lhe bem o trabalho manual, ao qual dedicava atenção meticulosa. Obscuro operário, cansava-se o dia inteiro, e, à noite, jogava-se exausto na cama. Acabaram-se-lhe as insônias. Perdia, aos poucos, o hábito de olhar-se continuamente ao espelho.

Os companheiros de trabalho insistiram, ele cedeu. Seria uma reunião pequena, comemoração quase íntima, na própria oficina. Iria. Não desejava ser ou parecer diferente.

Sentiu-se mistificado, quando viu toda aquela gente. Nem sabia, entretanto, a quem atribuir a culpa. Essas coisas aconteciam, um amigo convidando o outro, e, no fim, não se podia contar com o número de pessoas previsto. Ninguém teria, certamente, pretendido enganá-lo. E, afinal de contas, depois da cirurgia plástica, depois da mudança radical de profissão e de modo de vida, sentia-se extremamente seguro. Podia enfrentar aquela gente.

Conversou, distraiu-se: estava, até mesmo, achando agradável a reunião. Um insignificante repuxar de lábios, leve, quase imperceptível causou-lhe grande preocupação. Disfarçou, afastou-se, e, mãos trêmulas, acendeu um cigarro. Sentiu nova contração muscular. Em pânico, encostou-se a uma janela, respirando profundamente. Antes mesmo que procurasse um espelho, tinha a certeza do que estava acontecendo. Voltara-lhe o sorriso à face, e agora de maneira irremediável.

Saiu da reunião às pressas, evitando cumprimentos, conversas. Correu para casa.

Trancou-se no quarto. Tomou um comprimido, estirou-se na cama, e procurou descontrair os músculos da face.

Impaciente, ergueu-se. Postou-se frente ao espelho, os lábios trêmulos em desesperado esforço. Pensou em coisas tristes, guerra, mortes, a morte do filho. Seus olhos encheram-se de lágrimas, começou a soluçar. Em seus lábios, fixo, o sorriso.

Sentou-se na cama, abriu o frasco. Resolutamente, um a um, ingeriu todos os comprimidos.

Juventude

Merda! Por que estes velhos não me esquecem? Não aguento. Simplesmente, não aguento mais. Estou a ponto de estourar. Qualquer hora saio desta porcaria de casa, e daí vai ser aquele melodrama. Vão mandar gente à minha procura. Vão pedir para eu voltar. E não vai adiantar nada; quando sair, não volto mesmo. Que é que eles pensam que eu sou? Peteca? Bola? Uma coisa sem vontade própria? Ah! mas estão muito enganados, estou farta de receber ordens. Só porque chego um pouco mais tarde em casa, é aquela cena. Se me dou com fulano, não serve; aquele outro também não presta. Até em minhas amizades querem mandar! Afinal de contas, eu gosto de quem eu gosto. E, principalmente, namoro quem quiser, e não tenho que dar satisfações a ninguém. O namorado é meu, e pronto; ninguém tem nada com isto. Saio com quem quiser, vou onde quiser e volto à hora que bem entender. E que se danem os dois! Por que não desgrudam de mim? Por que não vão para o inferno?

Estes velhos não se compenetram da minha idade. Mas o ano que vem — isto é, se eu aguentar até lá — eles vão ver como as coisas hão de mudar. O diabo é que não tenho um tostão, dependo deles para tudo. Se não fosse isto, ia embora agora, neste instante. E também não vou largar os estudos. A gente estuda feito louca o ano inteiro, traz nota boa, e os chatos nunca estão satisfeitos. Merda de vida! Vou ao cinema.

Abriu com um tranco a porta do quarto. Deu um telefonema. Trocou de roupa, pintou-se. A mãe ainda a alcançou à porta, a tempo de lhe perguntar se não ia jantar. Não. Pegou a chave e saiu.

Passou em casa da amiga. Teve uma crise de choro, tomou um calmante. Desabafou. Os rapazes chegaram. Foram ao cinema, e depois entraram num "Hot-Dog" para beber e comer alguma coisa. Voltou dirigindo, com a maior desenvoltura, o carro do namorado.

Este negócio de carro, é outra coisa que me deixa furiosa. Nunca vi tal cretinice. Só porque a gente ainda não tem a carteira, eles não emprestam o carro. Sei guiar melhor do que qualquer um dos dois. Não faço as barbeiragens e besteiras que eles fazem. Só quero ver, quando eu fizer 18 anos, se eles vão me dar um carro. Aposto que vão dizer que não podem, que não têm dinheiro. Mas para comprar coisas para eles próprios, aí o dinheiro aparece. É sempre assim. Ainda bem que já foram dormir. Não estou a fim de dar de cara com nenhum dos dois. Vou trocar de roupa depressa e ver se termino aquele trabalho de Português. Felizmente amanhã não preciso acordar tão cedo. Esta semana é fogo. Amanhã teatro, as entradas já estão compradas e nem quero perder a peça. Quinta-feira o concerto de jazz. E sexta os rapazes ficaram de vir aqui tocar violão. Mas se os velhos continuarem nesta chatice, é melhor fazer a reunião em outra casa. E, além de tudo, a professora de História passou um trabalho enorme para a próxima semana. Quase às vésperas dos exames, e a cretina fica passando trabalhos. Será que ela pensa que a gente não tem outras matérias? Quando é que esta dona vai se mancar?

O pai levantou-se. Ao passar pelo corredor, percebeu luz acesa no quarto da filha. Felizmente chegara. Era um alívio! Preocupava-se demasiado toda a vez que ela saia. Não sabia exatamente com quem estava e que lugares frequentava. Quando perguntava, recebia respostas evasivas ou malcriadas. No último caso reagia, as coisas engrossavam; tornavam-se, por vezes, violentas. Ficava desesperado, sentia-se inútil, um fracasso como pai. Queria entender a menina, aproximar-se dela, mas não sabia por quais meios. Se cedesse a tudo, sentir-se-ia derrotado. Quando opunha alguma restrição, era a cena de sempre. Já não sabia como agir. Via-se, aos poucos, perdendo a amizade, o carinho da filha. Era o que mais o magoava. Parou junto à porta. Teve vontade de entrar e indagar, humildemente, em que estavam errados ele e a mãe. Por que os tratava assim? Que poderiam fazer para melhorar uma situação que, dia a dia, tornava-se cada vez mais insustentável? Por coisa alguma desejava que a filha se afastasse deles. Mas, também, para tudo tinha limite; havia certas coisas que ele não podia admitir. Afinal de contas, era o pai, era o chefe da família, não podia servir de palhaço a uma meninota voluntariosa, com fumaças de independência. E que os tratava com uma superioridade desdenhosa. Verdade que a menina era realmente muito amadurecida. Caráter excelente, estudiosa, brilhantemente inteligente. Sob este aspecto, justiça fosse feita, só lhes dava orgulho. Mas, o caso era que já não sabiam como lidar com ela. Ergueu a mão para bater à porta do quarto. Teve um momento de hesitação. Ela ainda podia estar com o mesmo humor com que saíra precipitadamente, e a tentativa seria mais um fracasso. Além disso, já era muito tarde. Desistiu.

Entrou em casa alegríssima. Arremessou livros e cadernos sobre o sofá. Fora dispensada de quase todos os exames. Deu um beijo no pai, que a encarou espantado. Comeu algo às pressas, apanhou o biquíni e foi ao clube.

O sol está uma delícia. Vou ficar a tarde inteira me queimando. Mas, como é que pode? Será que esta fulana não tem senso de ridículo? Com tal idade e tantas banhas, usando um maiô assim. Vê-se cada uma neste clube; estas velhotas não se mancam mesmo. Tenho vontade de chegar perto e lembrar que o tempo passou, que isto já não dá mais pé, não. Preciso nadar com mais frequência, cuidar sempre do meu corpo. Deus me livre de envelhecer e ficar deste jeito! Tenho horror a banhas e pelancas. O caso é que ando tão sem tempo ultimamente. Colégio, cursinho. Tenho estudado demais. Vivo mal-humorada, com vontade de chorar à toa. Pensando bem, às vezes eu me irrito mais do que devia. Mas, também, esses velhos me enchem!

Tiveram enfim, um jantar tranquilo, após tantos dias. Cuidadosamente evitavam qualquer assunto explosivo, ou conceitos que pudessem provocar na menina alguma reação violenta. Que nada rompesse a trégua inesperada e apaziguante.

Lápis em punho, fizeram contas. Cifras, saldos, compromissos. Seria um sacrifício. Valeria a pena? A filha sonhava com o carro; ansiosamente o esperava, e ao mesmo tempo, temia-lhe fosse negado. Significava tanto para ela! Se, de alguma forma, contribuísse para trazer um pouco de tranquilidade àquela casa, ultimamente tão conturbada, não teria sido em vão.

Não consigo dormir. Besteira minha ficar deste jeito. É uma data como outra qualquer. Claro que nada vai mudar em minha vida. Nem carro, nem viagem. A chatice, a pasmaceira de sempre. E as mesmas caras. Horários, regulamentos, ordens. Tudo muito bem enquadradinho. Mas, para mim não serve, não. Se eles pensam que eu vou levar esta vidinha burguesa aguentando pai e mãe e depois marido e filhos e a chatice de tomar conta de casa, estão redondamente enganados. Quero viajar, conhecer gente, conhecer cidades. Não pretendo passar os melhores anos de minha vida enfiada entre quatro paredes fazendo todos os dias as mesmas coisas. Quero viver, pô!

A mãe abriu a porta do quarto. Chamou duas, três vezes. Ouviu uma resposta ininteligível, resmungada. A filha mudou de posição e continuou a ressonar profundamente. Parecia exausta. Deixou-a dormir até a hora do almoço.

Abraços, beijos, cumprimentos. E um pacote pequenino, bem arrumado. Abriu-o. No primeiro instante, nada conseguiu dizer. Baixou disfarçadamente a cabeça, fingindo examinar as chaves, tentando esconder a emoção. Olhou para ambos, mãe e pai, disse-lhes um rápido obrigada, e saiu às pressas, rumo à garagem.

Nem acredito. Bem como eu queria. Da cor que eu gosto. Eles foram mesmo muito legais. Coitado do velho! Com certeza vai ter que se virar, que esta despesa não é mole. É melhor nem pensar nisto agora, para não cortar a minha alegria. Mas, também, que eu vou ter que dar alguma coisa em troca, ah, isto não tem dúvida. Vou entrar para a Faculdade, e não vai ser de qualquer jeito, não. Meu nome tem que estar bem no alto, bem lá em cima da lista. Vou estourar estes velhos de orgulho. Estas besteiras contam tanto para eles!

Velhice

Já estavam no carro, prontos para partir. Ela fingiu que esquecera qualquer coisa e entrou novamente na casa. Não se demoraria. O marido desligou o motor e, impaciente, ficou à espera. De que valia prolongar aquele instante? Não haviam, de comum acordo, após deliberações e mais deliberações, resolvido partir? Não tinham chegado à conclusão de que era melhor para ambos? Por que, então, martirizar-se ainda uma vez? Não via razão para aquilo. Se demorasse muito, iria ele próprio chamá-la. Não tinha paciência nem disposição para entregar-se a sentimentalismo tolo. Era preciso partir, partia e pronto. Estava acabado.

A casa vazia, paredes manchadas, assoalho riscado. Havia tão pouco tempo, tudo em seu lugar, tudo limpo e bem cuidado, como ela gostava de trazer aquilo que lhe pertencia. Agora, marcas deixadas pelos móveis; riscos e poeirentas pegadas no chão. As janelas, despojadas de cortinas, inundavam de claridade as salas. Tudo devassado. E os aposentos crescidos com o vazio.

Duas tábuas a mais, a mesa aumentada. Toalha de linho, cristais, a melhor louça. Jantaram todos sentados, filhos e netos, a refeição preparada com antecedência e esmero. Detestava os chamados "jantares americanos", em que cada um come onde quer e como pode. Gostava de reunir a família, sentia prazer em providenciar e supervisionar tudo ela própria; mas tinha horror a improvisações. Dessa vez, mais que em outra qualquer, fizera questão de que as coisas corressem bem. O último jantar naquela casa. Vieram todos. Sob a alegria, vozerio e tumulto, a indisfarçável melancolia. E agora, vendida a pesada mesa de jacarandá, na sala vazia as quatro marcas no chão.

Cansado de esperar, entrou para chamá-la. Ante o desamparo da mulher, apoiada ao batente da porta, o olhar fixo nas manchas do assoalho, sentiu-se também fraquejar. Toda a fanfarronice, de que se viera propositalmente imbuindo, parecia num instante desabar. Fizera-se de duro, sensato, realista. E de repente, à visão daquela figura miúda, de cabelos brancos, encolhida a um canto na vastidão da sala, comoveu-se profundamente. O sentimentalismo tolo, piegas e injustificável — como insistia em afirmar — apoderou-se dele. Lancinantes saudades dos anos vividos naquela casa. Os filhos crescendo, casando, partindo. Cada um com sua própria vida. No casarão, ele e a mulher.

Tocou-lhe, de leve, o braço. Esperaria no carro.

Após muita argumentação, haviam cedido às sugestões dos filhos. Era impossível continuarem sós naquela imensa e trabalhosa casa. Idosos, à mercê de novos empregados, a mulher já sem as antigas energias, as longas escadas pesando na saúde de ambos. Um apartamento, nem muito grande nem demasiado pequeno, perto de uma das filhas, seria a solução. Relutara bastante, a princípio. Ela, sobretudo. Tinha ojeriza a elevador. Acabaram cedendo.

Os carros atrás buzinando, o trânsito infernal. Quanto mais buzinavam, mais nervoso ele ficava: não conseguia dar a partida. Decididamente já não podia guiar em lugares assim movimentados. Sentia-se tonto, perdido no ziguezague dos carros cruzando loucos de um lado e de outro, os sinais surgindo de repente, e os congestionamentos que faziam morrer o motor do carro. Constatava, desolado, que seus reflexos não eram os mesmos. Irritava-se, desorientava-se. Quando tivesse que vir ao centro da cidade, pediria a uma das filhas, ou a um filho, que o trouxesse. Já era tempo de fazerem alguma coisa. E não fora por esta, entre outras razões, que se haviam mudado, ele e a mulher, para junto dos filhos? Talvez arranjasse um bom dentista, perto do apartamento, assim não dependeria de ninguém para levá-lo. Claro que não ia deixar de dirigir em ruas menos movimentadas. Estava velho; mas, afinal de contas, não era um velho caquético. Aqueles rapazinhos malucos, irresponsáveis. "tirando fininhas e costurando", como diziam os netos, é que o punham nervoso. E a amolação do dentista, duas vezes por semana. Sempre tivera dentes fortes, agora esse aborrecimento. Tratamento infindável, extrações, dores, nem mastigar direito podia. Estava farto de sopas, cremes e líquidos.

Enrolada na manta, a televisão ligada. Com aquele frio, não saiam mais à noite. Novela das 7, novela das 8, novela das 9. Cochilos entre e durante. Dormia. Mesmo interessada, as pálpebras pesavam, pesavam. De repente, acordava com o próprio ronco, ou com alguma cena mais violenta, alterado o tom das vozes. Ou com a chegada de um filho, que vinha saber notícias. Mal-estar indefinido, cansaço, contínua prostração que não sabia a que atribuir. Raro era o dia em que se sentia bem-disposta. Uma das filhas insistira em levá-la ao médico. Exames. Fortificantes inúteis. Não se queixava. Encolhia-se numa poltrona, folheava distraidamente alguma revista.

Chegavam os amigos. Fichas, baralhos, a mesa pronta para o jogo. Era seu passatempo favorito, mas, nos últimos meses, não podia contar com a companhia da mulher. Aproveitava as poucas ocasiões em que a via mais animada. Às vezes, como ela insistisse muito, formava o jogo sem a sua presença. Tinha receio, de que o barulho a incomodasse; não queria parecer egoísta. A essa altura da vida, entretanto, que distrações lhe restavam? Sessão de cinema à tarde, almoço em casa de um dos filhos, visitas — e o jogo. Os filhos, ultimamente, apareciam com excessiva frequência, preocupados com a saúde da mãe. Sentia em tudo um ar diferente, nos olhares, nos movimentos furtivos, nas conversas sussurradas. Percebia que desejavam expor a situação. Esquivava-se. Autodefendia-se. Enquanto pudesse afastaria o problema. Chegado o momento, daí então... Daí então, que faria, o que seria dele?

Já não tinha forças para erguer-se da cama. Removeram-na para um hospital. E a via-crúcis começou: remédios, injeções, pulmão artificial, tubos, sondas, curativos, enfermeira, médico, médico, enfermeira. Filho chegando, filho saindo. Os longos, os imensos, corredores, como ele os conhecia, passo a passo, em suas caminhadas infindáveis. Porta, parede, porta, parede, enfermaria, ambulatório, cirurgia, quartos, quartos e mais quartos. No da mulher não suportava permanecer por muito tempo. Rosto afilado, olhos enormes, boca protuberante, e a mão descarnada que se erguia para segurar a sua, mal ele assomava à porta. Preferia entrar no quarto quando ela se achava sob o efeito de sedativos.

Fez questão de voltar para o apartamento nesse mesmo dia. Os filhos não queriam; insistiam em que ele ficasse, pelo menos durante algum tempo, em casa de um deles. Recusou-se, decidido. Poderia ser esta uma noite pior do que as muitas que passara presenciando o sofrimento da mulher? Os momentos finais, a emoção ao receber abraços de amigos (velhos amigos havia anos perdidos de vista), a chegada do padre, o caixão saindo — enfrentara tudo. Que lhe adiantava agora adiar a volta?

Falou com firmeza, Reconheceu-se mesmo um tanto rude. Era inútil a insistência: preferia ficar só. Se sentisse alguma indisposição, se precisasse de qualquer coisa telefonaria imediatamente. Saíssem tranquilos.

Fechou a porta. E identificou-se à sua irremediável solidão. Até quando?

Colagem

Meus olhos estão secos, minhas mãos não tremem. Interiormente desmorono. Pernas firmes (sei que a qualquer momento podem vacilar), dou alguns passos. Procuro uma cadeira. Todas ocupadas. Passo junto ao pequeno aglomerado de pessoas chorosas (quanto mais íntimas mais perto querem ficar, quando não íntimas fazem-se de) e não paro. Não exibo o espetáculo de minha dor. A dor deve ser solitária, ela me disse. Cerro os lábios, atravesso o vestíbulo e desabo no sofá da saleta. Não vou chorar, hoje não choro, ninguém me verá chorar, repito para mim mesma com uma insistência que me martela o cérebro num crescendo insuportável. Levanto-me em busca de um analgésico.

O tom da conversa vem em ondas cíclicas: sussurro que gradativamente se avoluma, atinge um máximo permissível (ou não), decresce, transforma-se em rápido instante de silêncio; e recomeça. Ouço frases, fragmentos de frases, palavras. Era, estava, fazia, gostava. No passado; já no passado todos os verbos.

Subo. Abro a porta de seu quarto. Alguém, em rápida arrumação, apagou vestígios de remédios. As janelas continuam abertas (ela nunca as quis fechadas a não ser em noites de intenso frio. — Sabe, tenho certa sensação de liberdade quando elas estão abertas — me disse. — A gente vive sempre tão emparedada em compromissos, responsabilidades, vínculos, palavras. Há ocasiões em que sinto a palavra como verdadeiro muro bloqueando o pensamento, a colcha esticada recompõe a cama, sobre a mesa de cabeceira o abajur apenas: nenhum copo, nenhum livro, nem a esferográfica. Passo junto à poltrona, já agora em seu antigo lugar, e me aproximo da escrivaninha à qual ultimamente tantas vezes me sentei (ela me disse: — Se você tiver algum tempo e disposição, quer me ajudar a dar uma ordem em meus papéis? Passo a vida rasgando papéis e ainda há montes para rasgar). Abro a escrivaninha: alguns recibos e cartas, documentos, dois cadernos de anotações, três recortes de jornal: 1 — Importância de L. V. no Panorama Atual da Literatura Brasileira, 2 — Temática Urbana na Obra de L. V. 3 — Fotografia de L.V. (sob a legenda, escrito a lápis e já bastante apagado: você nunca soube quanto). Prateleiras vazias, gavetas também. A pasta está comigo; consegui guardar (ela me disse: — Acho bobagem ficar juntando notas e artigos escritos sobre a gente. Orgulho tolo; só serve para ocupar espaço. Vamos rasgar tudo isto). Pedi-lhe para reler; alguns artigos me interessavam. E, caso ela não se importasse, poderia eu própria guardar a pasta. Se mudasse de ideia, era só me pedir. Apanho um dos cadernos de anotações:

> *Engolindo angústia e tédio. Céu nublado, garoa. Fim de semana é sempre assim. A umidade escorre, pegajosa. Desço vidros, fecho portas. Trancada. Procuro o que fazer. Sempre há o que fazer. Leitura, música, arrumação em papéis (urgente e eternamente adiada), mil e um programas, a cidade regurgita de apelos e, com um bom agasalho, até que daria para enfrentar esse chuvisco. Da pilha de livro sobre a mesa de cabeceira (qualquer dia se desequilibra e desaba) retiro o*

"Poema do Trigésimo Dia": leio e penso na injustiça que se está cometendo para com Sérgio Milliet. Ainda é cedo para que se proceda a uma revisão, considero à guisa de consolo. Qualquer dia aparece um fulano e fica dono do assunto: faz o levantamento da obra, disseca a+b, reduz tudo a equações, e S. M. volta à tona em letras e algarismos. Levanto-me, ouço "Everybody's out of town". Som péssimo, essa faixa demasiado gasta. Amanhã sem falta vou comprar outro igual, é o que digo para mim mesma toda a vez que ouço este disco. Há também a solução de telefonemas para amigos, reunião improvisada, uísque, conversa madrugada adentro, domingo imerso em sonolência, e a segunda-feira recolocando tudo em seus mesmo e devidos lugares. Recomeça-se.

Recomeçava. Com paciência e bom humor. (O importante — ela me disse — é a gente estar sempre fazendo alguma coisa. Alguma coisa de que se goste muito e em que se esteja profundamente empenhada. Os senões passam a não ter importância e a gente se irrita menos). Guardo o caderno, fecho a escrivaninha. Vou ao banheiro, lavo o rosto, penteio-me. E desço.

Mesmo que não permaneça longo tempo, mesmo que consiga escapar e suba outra vez, é preciso que eu entre na sala. As pessoas fazem questão de me abraçar, de falar comigo. Não entendem que não quero nada, ninguém. Que mal distingo rostos em meio à movimentação soturna. Em destaque, o aglomerado choroso. Fico à distância. Mais gente chegando. Palavras vazias, lamentos inúteis. A alguns consigo responder por monossílabos. Meus olhos, secos, vagueiam de uma fisionomia a outra. Permaneço impassível. Não quero me comover. Aguento firme, em pé, minutos horas; sei eu de tempo? Pernas doloridas, músculos doloridos, saio da sala, cruzo rapidamente o vestíbulo em direção à saleta. Entro, fecho a porta, estendo-me no sofá. E a impassibilidade desmorona. Meus ombros são sacudidos por um choro convulso, incontrolável.

Leve pressão em meu braço. Paro, assustada.

— Continue chorando. Não se incomode de chorar na minha frente. Também vim aqui para isto.

(Mentira, evidentemente. Para que eu não fique constrangida. Nenhum sinal de lágrimas em seu rosto).

— Como foi que não vi você entrar?

— Eu já estava aqui. Você chegou, jogou-se no sofá. Não olhou para nada. Eu estava na outra extremidade, em pé junto à janela.

Sentou-se. Permaneceu calado, o olhar fixo em mim.

— Ela sentia profunda admiração por você — falei.

— Éramos grandes amigos.

— Mais do que isso. Mais que amigos.

— Não. Grandes amigos. Não mais que isso.

Em silêncio, ambos. Eu: rememorando as inúmeras vezes em que ela se referira a L. V. Com ternura, admiração, mas sempre discreta; nunca percebi exatamente o grau de relacionamento entre eles. Era a primeira vez que eu o encontrava. Ele: absorto em suas lembranças, rosto vincado, olhos fundos.

Grandes amigos. Não mais que isso.

Noite quente. Depois de uma sessão de cinema, entramos num bar, pedimos um chope geladíssimo e um refresco.

— Nem chope?

— Não. Prefiro mesmo um refresco.

— Mas, afinal de contas, qual é o seu vício? Não bebe, não fuma, não joga. Não é possível que você não tenha nenhum vício.

— Uma amiga minha, depois de me fazer esta mesma pergunta, foi além: Você toma bolinha? Quis saber.

— E você já experimentou?

— Não. Nunca me interessei. Tive vontade, isto sim, foi de fazer uma experiência com o ácido.

— E por que não fez?

— Covardia, talvez. Medo das consequências. Sei lá. O caso é que tive uma ótima oportunidade e deixei passar. — Ligeira pausa. — Em compensação, sou uma criatura cheia de defeitos.

— Quais, por exemplo?

— Sou egoísta, comodista, vaidosa, orgulhosa, preguiçosa. Está vendo? Só de saída me lembrei de cinco.

— Que exagero! Nunca percebi tudo isso.

— Os amigos geralmente não percebem; sobretudo quando querem ser amáveis.

Em silêncio, cada qual com sua bebida.

— Vamos ao meu apartamento ouvir um pouco de música?

— Não, obrigada. Sei que você tem ótimos discos, que nosso gosto em matéria de música é muito semelhante, mas prefiro não ir.

— Por quê?

— Não ficaríamos só ouvindo discos. Você sabe.

— E haveria algum inconveniente ou alguma consequência desastrosa se não ficássemos apenas ouvindo discos?

— Não propriamente. Isto é, não sei. Não sei se consigo explicar minhas razões ou meu ponto de vista.

— Pode tentar.

— Bem. Eu não quero ser em sua vida uma simples mulher de verão.

— Que história é essa?

— Mulher de verão. Dessas que duram dois meses, três no máximo.

— Francamente é o cúmulo! Que péssimo juízo você faz de mim.

— Desculpe. Não estou fazendo juízo nenhum. Talvez eu não tenha conseguido me expressar direito. O que pretendi dizer é que você significa muito para mim. Ser sua amiga uma vida inteira é muito mais importante do que ter um caso com você durante dois ou três meses. Por mais fabuloso que este caso pudesse ser.

— E por que dois ou três meses? Poderia durar anos.

— Não. Não duraria. E acabaria modificando muita coisa em nossas relações — sorriu — que são ótimas como estão, você não acha? — já pronta para mudar de assunto.

Insisti. Argumentei. Utilizei-me de todos os truques. Meia hora mais tarde, visivelmente mal-humorado, deixei-a à porta de sua casa.

Grandes amigos. Não mais que isso.

Absorto em suas lembranças, o olhar além da janela. Magro, anguloso, nenhum sinal de barriga ou qualquer outra espécie de adiposidade (ela me disse: parece que ele se consome em sua própria energia: é um monstro de atividade física e intelectual).

Virou-se para mim. Seus olhos afundaram nos meus.

— Não vejo muita semelhança. Alguns traços de família, talvez. A voz, sim, tem o mesmo timbre. É quase idêntica.

— Muita gente diz isto.

— Os olhos eram maiores, mais escuros. E os dentes... Que vaidade, que cuidados com aqueles dentes.

— Nem isso sobrou — falei baixo. (Em seu caderno de anotações: *Se, no decorrer dos anos, eu tivesse cuidado de minha alma como cuidei de meus dentes, talvez estivesse mais bem preparada. De que me valerão, de agora em diante, estes belos dentes?*)

Em voz alta:

— Foi bom que você não a tivesse visto ultimamente.

— Ela não quis. Achei que não podia insistir.

Telefonei quando soube. Assim que me senti capaz de conversar como se nada de anormal houvesse. Perguntas de ordem geral, de interesse comum, e depois:

— Na próxima semana vou aí ver você.

— Não. Por favor, não — a voz um tanto aflita.

— Por quê?

— Agora estou muito magra, muito feia. Espere um pouco, depois você vem.

— Adoro mulheres esbeltas — disfarcei.

— Acontece que no momento estou demasiado esbelta; — a voz mais tranquila — prefiro que você não venha já. — Pausa. — Mas quero que você me telefone sempre. Sempre que puder.

Telefonei mais três vezes. Na terceira, ela já não pôde atender.

— Vocês se viam com muita frequência?

— Não. Às vezes passávamos meses sem nos ver.

(Em seu caderno de anotações: *Alguns meses, um ano. Pouco importa. É como se o tivesse visto na véspera. Nada se modifica; a não ser nossa aparência física: uma ruga a mais, um fio de cabelo a menos. E o acúmulo de assuntos. Tanta coisa a saber, tanta a contar. Perco-me em detalhes. O essencial não digo.*)

Calado durante alguns instantes, e depois:

— Mas nunca perdíamos o contato. Conversávamos muito; a respeito de tudo. — Pausa. — Ela gostava de saber minha opinião sobre o que escrevia.

— Tinha profunda admiração por você — repeti. — Leu e releu tudo quanto você publicou.

— Adorava conversar sobre literatura. Às vezes ficava um tanto literata demais. Felizmente percebia a tempo e logo mudava de assunto. Ou eu próprio me incumbia disso.

Pouca gente. Apenas três ou quatro mesas ocupadas.

— Hoje vou tomar um aperitivo — disse assim que nos sentamos — para você não ficar fazendo gozações a respeito da minha sobriedade.

Um uísque e um alexander. E, de saída, o assunto foi literatura.

— Você sabe que é extremamente difícil para mim.

— Difícil por quê? Você acha que um escritor pode ficar se prendendo a essas besteiras?

— Não são besteiras. São imposições de uma situação. Você está farto de saber que a tendência do leitor é identificar o personagem ao autor. Se se escreve na primeira pessoa, então, a fusão é imediata.

— E você se importa com isto?

— Não é que eu me importe propriamente; mas imaginemos o seguinte: crio uma personagem: mulher de vida airada...

— Adorei esta mulher de vida airada. Não dá para você traduzir para puta?

— ...descrevo cenas de sexo, carrego nos palavrões, me movimento por lugares escusos, faço mil e uma tramoias, e tudo escrito na primeira pessoa. Você acha, sinceramente, que eu posso fazer isso? Com a minha educação burguesa, meu enquadramento em matéria de família; posição, status social, etc...?

— Merda, merdíssima para o seu status social e para todo o resto. Você é ou não é uma escritora?

— Sou. Ou pelo menos tento ser. Venho tentando há muito tempo.

— Então porra! Você não tem nada que se preocupar com aquilo que os outros pensam ou deixam de pensar.

— Acontece que eu não gosto de ferir as pessoas.

— A gente vive ferindo as pessoas. Por querer ou sem querer. Se você se prender a isto ou àquilo nunca há de escrever coisa que preste.

Eu me lembro de que há alguns anos, a propósito mesmo de literatura, você me disse que sempre tivesse em mente esta frase de Shakespeare (se não me engano está em *Hamlet*): "And this above all: to thine own self be true".

— Você tem boa memória. Lembra-se da citação. Mas, pelo jeito, ainda não se utilizou dela.

— Aí é que você se engana. Precisamente por ser (ou tentar ser) "true" comigo própria é que não consigo...

— Porra! Não consegue porque é amarrada por todos os lados.

— Calma. Ainda não terminei. Daria para você conter um pouco este seu linguajar?

— Está vendo como você é amarrada? Este meu "linguajar" é o que uso para me dirigir aos meus amigos: homens ou mulheres. Você precisa aprender a aceitar os outros como são. Tem cabimento que eu não seja espontâneo com você? Que eu precise policiar o que digo? Se você prefere, começo a usar o tratamento de Vossa Excelência e termino com cordiais saudações.

— Também não precisa exagerar.

Chamei o garçom. Pedi mais um uísque.

— Chega de conversa séria. Vamos falar um pouco de sacanagem.

Ela precisava de uma sacudidela de vez em quando. Não que se mostrasse escandalizada, mas eu gostava de abalar aqueles alicerces demasiado estruturados. Antes que começasse, porém, ela se colocou na defensiva:

— Sabe, tenho um amigo muito inteligente e sensato que tem uma teoria sobre o palavrão.

— Qual?

— Ele acha que o uso contínuo e excessivo (que é o que você faz) desgasta o palavrão, e este perde a força. Perde toda a carga, quando deve ser usado em lugar adequado e no momento oportuno.

Chamei novamente o garçom. Encomendei o jantar.

Olhou para mim, moveu ligeiramente os lábios como se fosse dizer alguma coisa. Levantou-se, foi até a janela e voltou. Calado.

Instantes depois:

— Gostaria de ver o quarto dela.

— Agora?

Atravessamos o vestíbulo. Simulo pressa, evito parar. Fixo os olhos em frente, desvio-me das pessoas. Subimos.

Abro a porta. Sigo a direção de seu olhar: cama, poltrona, escrivaninha. E depois, vagarosamente, observa gravuras, desenhos, livros. Faz alguns passos, detém-se ante a parede recoberta de estantes.

— Os seus estão aqui à direita. Encadernados — mostro:

Apanha um dos volumes, procura a dedicatória, lê, recoloca o livro em seu lugar. Lentamente passa o olhar de uma prateleira a outra, examina algumas lombadas, demora-se à frente dos ingleses: Auden Stephen Spender, T.S. Eliot. Pega "The Hollow Men". Folheia o livro, guarda-o novamente. Dá mais alguns passos, para diante da escrivaninha.

Abro-a, tiro os dois cadernos.

— Quero que você fique com eles.

Diz apenas: — Obrigado.

Em seu quarto, sentado em sua poltrona. Em minhas mãos: suas anotações. Abro um dos cadernos, viro páginas, leio:

Algumas linhas de L.V.: Gostei de "Regresso" e "Solidão". Não gosto de "Infância". Não tenho conselhos a dar: você não precisa deles. Apenas um lembrete: "And this above all: to thine own self be true".

Também não gosto de "Infância". É péssimo. Rasguei. Não serve nem como ponto de partida. Tentarei outro.

Quanto à citação (And this above all: to thine oum self be true"), acontece que a gente acumula, no decorrer de anos e anos, crostas de preconceitos, de regrinhas, de mesuras, tudo muito bitolado, muito certinho, e projeta nos outros uma imagem que não corresponde à realidade. Então nem sempre se consegue ser verdadeira consigo própria. Refletida no espelho encontramos a imagem que os outros formaram de nós. E, comodamente, a aceitamos.

Mas, na hipótese de se deixar de lado a comodidade e tentar mostrar a verdadeira imagem, até que ponto seria isso possível? A que limites se pode estender a verdade? É lícito ser verdadeiro quando a verdade individual envolve outros? Gide, sendo fiel e verdadeiro consigo próprio, levou a verdade à extensão máxima. E eu pergunto: tinha o direito de escrever "Et Nunc Manet in Te?" Tenho dúvidas.

Sentado em sua poltrona, devassando suas anotações. Próximo. Alguma outra vez terei estado assim tão próximo? Ergo o olhar. Observo paredes, móveis, cada objeto. Por instantes, fixo-me numa reprodução de Rouault. Volto o olhar para o caderno, passo páginas e páginas. Leio:

> *Telefonema de L.V. Consegui falar. A princípio tive a impressão de que não poderia dizer palavra alguma. Foi um esforço sobre-humano. Dignidade, muita dignidade sempre — pensei. E não me permiti lamento ou voz chorosa (o que não foi nada fácil: quando desliguei o telefone suava em bicas, um suor gelado, a cabeça girava sem parar e o coração batia em ritmo descompassado). Conversar como se nada de diferente estivesse acontecendo foi realmente esforço sobre-humano. A certa altura, tive ímpetos de gritar meu pavor: estou acovardada, aterrorizada, revoltada. Às favas a dignidade. Tenho medo.*
>
> *Finjo calma, aceitação, ignorância. Mas estou apavorada.*
>
> *Foi apenas um ímpeto, felizmente. Teria sido horrível se eu tivesse dito tudo isso. Ajeitei a cabeça no travesseiro, fiquei inerte. Mais tarde, quando pude, levantei-me e fui me olhar no espelho: olhos encovados em imensas olheiras, pele manchada, macilenta; nariz afilado, maxilar protuberante. E a magreza extrema.*

Mais do que nunca estou decidida: ele não me verá assim.

De tanta coisa consegui me despojar (ou fui despojada). Dessa vaidade não consigo.

Não a verei. Quando descer, saio imediatamente. Não entro na sala.

Fecho o caderno, passo de leve os dedos pela capa. Perco-me em divagações.

O olhar vago. Nas mãos um caderno fechado, o outro sobre a banqueta junto à poltrona. Quero perguntar tanta coisa. Não tenho coragem. Calado ou monossilábico o tempo todo. Não posso forçar respostas. E talvez não haja outra oportunidade. Dentro em pouco preciso descer. Não sei quando o verei novamente; na verdade, nem mesmo sei se o encontrarei alguma outra vez.

Hoje não consigo. Talvez um outro dia possamos conversar. Nada encontro para dizer. Nada que eu dissesse teria sentido. Volto-me para ela em obstinada busca, à procura de qualquer traço ou gesto.

O olhar agora, observa-me o rosto, desce por meus braços, para em minhas mãos.

Levanto-me.

— Preciso descer — falo. — Vamos?

Ergue-se também. Ligeiro instante de hesitação, e pergunta:

— Posso ficar apenas mais alguns minutos? Desço logo em seguida.

Ali mesmo se despede. Diz que provavelmente não me encontrará embaixo. Não poderá ficar mais tempo. Assim que descer, irá embora.

Mudos, nos encaramos durante rápido momento. Meus olhos estão secos, minhas mãos não tremem. Interiormente desmorono. Estendo-lhe a mão, falo apenas:
— Quando sair, por favor, feche a porta.

Decisão

O menino pulou na frente do carro. Antes que o sinal abrisse, rapidamente limpou o para-brisas. Janelas fechadas, interior aquecido — fazia um frio insuportável — desci o vidro. A mão que apanhou a nota ainda estava úmida. Senti, numa fração de segundos, o contato dos dedos gelados. O sinal abriu: buzinas aflitas, engatei primeira e arranquei.

Não posso dizer que tenha sido esse o momento preciso em que me decidi. Como hipótese bastante remota e absurda, a ideia surgira havia algum tempo. Nos últimos meses transformara-se em obsessão. Para ser exata, posso apenas afirmar que nesse momento tive certeza absoluta de que teria coragem.

Pelo retrovisor ainda enxerguei o garoto rente ao meio-fio da calçada, flanela na mão, à espera de que o sinal fechasse novamente. Ajeitei a gola de peles, agasalhando melhor o pescoço. Atenta à movimentação de um trânsito seis e pouco da tarde, segui em frente.

Sei que esse momento agiu como uma espécie de catapulta no desenrolar dos acontecimentos. Mas quando procuro razões, não chego a conclusão alguma. Cogitações de ordem social evidentemente não foram. Afinal de contas eu não estava assim tão preocupada com a miséria alheia, problemas de classe e injustiça social, a ponto de, movida por tais motivos, tomar alguma resolução drástica. Se bem que de vez em quando tivesse minhas crises de consciência: abria o armário, encarava com pasmo a quantidade de roupas, separava a metade (ou dois terços em crises mais agudas) e dava aos necessitados. Aos poucos, sorrateiramente, recomeçava a raciocinar com lógica: não seria a minha meia dúzia de vestidos que iria agasalhar a vasta nudez humana. E refazia o guarda-roupa.

Isso pode ter pesado, mas a razão não seria necessariamente essa. Havia uma ebulição interior que eu não conseguia apaziguar, e que me mantinha em permanente guarda contra o desgaste cotidiano. E havia sobretudo Djeibi. Teria preferido que ele fosse Zeca simplesmente. Mas José Benedito gostava do J.B. ou Djeibi. E fazia questão do som de *d* antes do jota. Eu terminara o curso de Letras. Djeibi era de poucas letras e muitos algarismos. Proporcionava a uma mulher tudo aquilo que uma mulher de aspirações sensatas pode desejar: grande apartamento próprio com móveis, objetos e quadros caros; incríveis máquinas elétricas, incluindo aparelho de som (cujos botões eram tantos, que me foi necessário longo aprendizado antes que pudesse me utilizar deles); empregadas, carro, roupas de excelente qualidade. Mas nada me impressionava; eu crescera nisso. Queria coisa diferente, e Djeibi era a irremediável continuação desse mesmo vazio. Um equívoco, reconheço, cuja única justificativa seria talvez minha passividade a tudo que me cercava.

Outro sinal fechado. Dei uma espiada no espelho para verificar a maquilagem: estava em ordem. Djeibi gostava que sua mulher se apresentasse muito bem arrumada. Eu podia usar e abusar de decotes ousados que ele não se importava. Percebia nele, em franco desenvolvimento, certa tendência que não estava nada, nada me agradando: deleitava-se quando os homens me admiravam e cobiçavam; e depois, com ares de dono, passava a mão em mim e saía. Como se dissesse: podem desejar à vontade, quem dorme com ela sou eu. Além disso, eu já não conseguia conversar com Djeibi. Ele se habituara a um jargão econômico e financeiro que me deixava profundamente irritada. Duas palavras, sobretudo, tinham o dom de provocar em mim sensações físicas de mal-estar: alíquota e liquidez. E eram pronunciadas talvez diariamente. Lembro-me de que depois passei anos e anos sem ouvi-las, até que certa ocasião, num bar de Nova Iorque, depois de muita conversa e muito uísque esse jargão voltou à tona. Lembro-me também de que me recusei a passar a noite com o fulano. Eu, que nessa época já não tinha preconceitos, ainda os mantinha contra essa espécie de linguagem. Exagero ao dizer que não tinha preconceitos: jamais consegui ir para a cama com um homem, enquanto mantinha um caso de amor com outro. Tive muitos, inúmeros homens: mas um de cada vez. Talvez porque eu não fizesse disso profissão. Outra coisa: *big H* jamais experimentei, *Mainlining*, então, me apavorava. Se pretendesse morrer, teria escolhido outra forma de suicídio, No "Village", o grupo que eu frequentava experimentava de tudo, eu também queria sensações. Novas e muitas. Mas *big H* e *mainlining* nunca. Aprendera a dosar o que me convinha e, tanto quanto possível, cuidava-me. Duas ou três vezes ultrapassei os limites. Sem consequências desastrosas, felizmente. Era bom, após certa quantidade bem dosada, ir a um teatrinho ouvir música, Os sons percorriam nervos, veias, artérias, miolos; o corpo todo fremia. Mas era preciso não ultrapassar a dosagem conveniente. Alguns ficavam estáticos, o olhar vítreo, totalmente alheios ao que quer que acontecesse. Como se não estivessem ali. Às vezes fazíamos uma incursão ao "Bowery". Eu não gostava. O espetáculo de mulheres e homens bêbados me deprimia. Sobretudo os velhos. Eram horríveis. Provocavam uma piedade enojada aqueles velhos trêmulos, babosos e cambaleantes. Um deles, certa noite, agarrou-me o braço com bastante força, apesar da embriaguez. Fiquei irritadíssima: dei safanões, perdi o controle. No quarteirão seguinte, já mais calma, pensei em Djeibi. Era raro pensar em Djeibi, eu o empurrara para um canto obscuro de minhas lembranças, mas nessa noite seu olhar reprovador me perseguiu durante horas. Se Djeibi fosse diferente, ou se tivéssemos tido um filho, eu teria feito o que fiz?

Deixei o carro no estacionamento e entrei no Hilton. Djeibi me esperava no saguão. Subimos para o coquetel. Apresentações, apertos de mão, sorrisos, frases abafadas pelo ruído, breves diálogos conseguidos a duras penas. Muito pouco português e muitíssimo inglês; de quando em quando algumas palavras em francês ou espanhol. Djeibi adorava exibir minha fluência em línguas estrangeiras. Sobretudo o inglês. E exultava quando os americanos queriam saber onde eu o aprendera e como conseguia falar sem *foreign accent*. De copo na mão, fui conhecendo diversas pessoas e trocando essas frases anódinas, características de qualquer coquetel. Lá pelas tantas, descobri uma mulher menos farfalhante, junto ao extenso vidro do teto ao chão. Olhava distraidamente a cidade iluminada e, a intervalos quase regulares, sorvia um gole de uísque. Imitei-lhe ideia e gesto. Ficamos ali paradas, bebendo em silêncio, olhos vagueando na imensidão de luzes lá embaixo. Grande escola me foram esses coquetéis: aprendi a beber sem perder a compostura. Sempre tive horror ao bêbado flácido que desaba sobre o que lhe está mais próximo, ou que segura o interlocutor pelo braço e fala cuspindo em seu rosto.

Mas conheci alguns aos quais a excitação alcoólica dava um brilho intelectual fabuloso. Como um *scholar* meu amigo que, certa noite, ministrou-me verdadeira aula sobre crítica estruturalista e formas de criar textos com signos e palavras ainda não registradas nos dicionários. Fiquei empolgada. Isso, naturalmente, não aconteceu no decorrer de um coquetel. Foi em noite bem mais tranquila, onde se conseguia ouvir o que o outro dizia.

Levei um susto com a voz de Djeibi e sua mão em meu braço: — Que é que você está fazendo aí? Estou à sua procura há bastante tempo. Venha. Quero que você conheça Mr. Moor.

Tirada subitamente de suas cogitações, a moça ao lado também se surpreendeu. Dei-lhe um sorriso desalentado, e fui levada por Djeibi. Conheci Mr. Moor, a secretária de Mr. Moor, quatro ou cinco assessores de Mr. Moor. Mais conversa, uísque e, *en passant*, algumas outras apresentações. Djeibi não deixava escapar ninguém. Terminado o coquetel, ainda saímos para jantar. Um pequeno grupo, a cúpula. Aguentei bem, até o fim. Mas quando chegamos em casa, mal conseguia me suster em pé. Raciocínio flutuante, ideias que iam e vinham; uma delas firme, cristalizada: a decisão. No dia seguinte, tomaria as providências necessárias, o mais rápido possível.

Autodefesa inconsciente ou voluntária, no decorrer de todos esses anos raras vezes pensei nesse dia, nos subsequentes e, principalmente, em Djeibi. Agora, é como se tivesse eliminado esse lapso de tempo, e os fatos chegam-me à memória com exagerada precisão de detalhes. Já sobrevoamos Recife. Ainda temos algumas horas de voo. À medida em que se aproxima a chegada, desabam-me as defesas contra a presença de Djeibi, os sete anos que vivemos juntos, a estagnação e o vazio que me levaram à partida brusca. Nunca mais tive notícias de Djeibi. Imagino-o casado outra vez, com filhos; a mulher satisfeita e grata a tanto conforto, excelente consumidora de supermercados, grande freguesa de casa de queijos e vinhos, telespectadora assídua, cliente de psicoterapia em grupo. Terá suas compensações. Toda escolha tem seu preço; conscientemente tenho pago e continuo pagando o meu.

Passaporte em ordem, exigências preenchidas, algum dinheiro e muito pouca roupa, embarquei num cargueiro. Desses que transportam cerca de meia dúzia de passageiros. Anoitecer úmido, chuvoso, a cidade ao longe, luzes mais e mais esmaecidas, apitos roucos. Tudo induzindo a aguda melancolia. A sensação de alívio mais profunda do que qualquer outra.

Os abutres

Se ao menos durante alguns momentos se calassem, talvez me fosse possível aguentar. Breves pausas de silêncio, pequenos hiatos em que se pudesse tomar fôlego. Mas não. O grasnar é constante, ininterrupto. Pancadas secas de asas, bicos alongados abrindo-se em estridência, invadem, pousam em qualquer lugar. Fecho janelas e portas. Saio. Livro-me deles. Por quanto tempo? O grasnar estridente perde-se na distância. Emudece.

Batidas à porta do quarto:

— Telefone para o senhor.

— Diga que ainda não me levantei. Peça para ligar mais tarde.

Batidas à porta do banheiro:

— Telefone para o senhor.

— Estou embaixo do chuveiro. Peça para ligar daqui a pouco.

À mesa do almoço:

— Telefone para o senhor.

— Diga que estou almoçando. Peça para ligar daqui a quinze minutos.

À mesa do jantar:

— Telefone para o senhor.

— Diga que estou jantando. Peça para ligar daqui a meia hora.

Repõe-se o fone no gancho. Novo chamado. Procuro almofadas, travesseiros. Abalo os telefones. Pego meu *sound silencer*, ajeito os *ear plugs*. Deito-me. Tento ler um pouco. Inútil. Apago a luz. Asas batem-me nas têmporas; bicos, dolorosamente, perfuram-me os ouvidos. Caminho ofegante por extensa e sombria alameda. Distingo vultos nas árvores. Firmo a vista: negros telefones pousados nos galhos. Começam a tocar; tocam todos ao mesmo tempo. Agarro os mais próximos, arrebento-os no chão. Com violência e grande raiva derrubo os que estão a meu alcance. A mão direita ferida, sinto a umidade do sangue.

Minha mulher sentada na cama, com espanto: — O que está acontecendo? — O abajur no chão em pedaços, cacos de lâmpada espalhados pelo tapete; manchas de sangue. Levanto-me. Vou ao banheiro desinfetar enorme corte na mão.

Noite mal dormida, inicio o dia cansado. Tantas providências a tomar. Esta história exigindo todo o meu tempo. Trabalho e negócios relegados a segundo plano.

No escritório, tão logo me sento, a secretária:

— Do JB querem falar com o senhor. Já telefonaram antes. Querem saber a que horas o senhor pode receber o repórter.

— Não recebo repórter nenhum.

— Da revista também telefonaram. Tive que me livrar de uma porção de perguntas.

— Não atendo a nenhum telefonema que se relacione com esse caso. Não recebo ninguém.

Passo os olhos em minha agenda, verifico a correspondência, separo assuntos mais urgentes. Raciocino com lentidão, não consigo me concentrar no trabalho. Abro a gaveta. Obsessão doentia, releio as notícias publicadas — o que só serve para aumentar-me a raiva. Salafrários, infames, mentirosos! Tudo deturpado. Será que ainda vão publicar alguma coisa? Resolvo agir, embora tardiamente. (Devia ter me antecipado;

mas, também, como poderia prever?) Mando a secretária ligar para o JB. Falo com um diretor meu amigo. Procuro ser calmo, objetivo. Quando percebo estou exaltado, digo coisas que não deveria. Afinal de contas ele não tem culpa. Caio em mim. Peço-lhe desculpas. Ele me entende, me dá razão; concorda em que não se trata de matéria jornalística, é assunto de âmbito estritamente familiar, não interessa ao leitor. Faz mais: diz que posso ficar tranquilo, vai tomar providências junto a seus colegas de imprensa. Agradeço. Sensação de alívio. Por quanto tempo?

Telefones desligados, jantamos em relativa tranquilidade. Se é que se consegue alguma, em semelhante situação. Sinto-me nu, gradativamente revirado pelo avesso, vísceras expostas.

Minha mulher deixa passar cerca de meia hora. Em respeito talvez a meu processo digestivo. Quando me levanto e apanho a coleira do cão, ela me diz:

— Não dê uma volta muito longa. Daqui a pouco teremos visitas.

O cão saltando, aflito para sair. Eu de novo sentado, ruminando irritação e raiva. Não é possível! Não consigo uma noite tranquila, uma noite apenas. Essa gente pouco me procura, raras vezes vem à minha casa. Por que precisamente agora?

— Quando voltar, vou direto para o quarto. Você recebe. Tenha paciência, mas não aguento. Diga que estou doente, dê uma desculpa qualquer.

Em passadas rápidas, ando até a praça. Solto o cão. Não o perco de vista com receio de alguma briga. Caminho mais um pouco e volto. Quero chegar logo, ir depressa para o quarto.

Bem instalado na cama, livro nas mãos, viro páginas e não consigo ler. Levanto-me. Abro silenciosamente a porta. Ouço vozes, não distingo o que dizem. Fecho a porta. Inquieto, ando de um lado para outro. Ligo o rádio, junto e dobro jornais espalhados, desligo o rádio. Profundo mal-estar. Sensação de covardia, comodismo. Temo abalar o remorso: nada mais justo que eu descanse, estou desgastado, com os nervos à flor da pele. Apago a luz, fecho os olhos, faço exercícios de respiração. Nem sono, nem tranquilidade.

Saio da cama. Resolvo enfrentar as visitas. A essa altura, perguntas satisfeitas, curiosidade saciada, do pior certamente serei poupado.

Cumprimento e me desculpo: estava com uma dor de cabeça insuportável. Sim, melhorei. Novalgina e um pequeno descanso. Não, não se preocupem, estou praticamente bom. Falam sobre doenças, negócios, cinema. Procuro seguir a conversa, demonstrar interesse. Sempre que o assunto tende a resvalar para terreno perigoso, minha mulher se antecipa em medidas defensivas e desvia a conversa. Não se demoram. Um certo alheamento que não consigo vencer e meu laconismo talvez apressem a saída.

Continuo sem sono. Vou para a saleta, ligo a televisão, experimento canais à procura de um filme. Fixo-me num policial. Ajeito as almofadas e me estendo no sofá. Carros em alucinada corrida pelas ruas de Chicago, tiroteio, mortes, muito sangue. E depois longa cena sem movimento, diálogos lentos. Sinto cansaço, um certo torpor. Efeito do remédio, talvez. O casal sentado à beira do lago: ele narra a infância triste, infeliz; a mocinha atenta, olhos lacrimosos. Relaxo músculos, distendo mais as pernas, as pálpebras começam a pesar. Imenso pássaro sobrevoa o lago. Aves menores, em negra formação, executam um voo rasante e somem na distância. Surgem pássaros de todos os lados. Esses operadores de tevê não tinham o direito de mudar o filme. Agressivos, os pássaros atacam na tela e invadem a saleta caindo sobre mim. Protejo o rosto com as mãos, volto-me rapidamente e fico de bruços encolhido no sofá. Bicam-me as pernas, costas, cabeça; o corpo todo. Amontoam-se sobre minha nuca, os bicos aguçados perfurando sem cessar. Pontadas finas. Intensa dor na nuca, cabeça latejante. Náusea. Redobram a violência, investem em bloco compacto e me empurram. Fazem-me rolar do sofá.

Pijama empapado de suor, tremenda dor de cabeça. Pescoço dolorido, tenso, acordo no tapete.

A conselho médico tiro férias, viajo e me isolo. Sem telefone, campainha, tevê, rádio, jornais. À margem do que acontece nas imediações e no mundo. Leitura leve; nenhuma especulação de ordem literária, filosófica, ou de qualquer outra espécie. Ando muito, faço ginástica, nado. Passo horas pescando. Quando a linha se retesa, a vara enverga, e a tilápia fisgada brilha se debatendo no anzol, sou tomado de grande emoção: prazer a princípio agitado, mas que logo se transforma em apaziguamento.

Volto e retomo minhas atividades de sempre. Já não estremeço ao primeiro toque de telefone, ao som de qualquer campainha. As coisas parecem se acomodar à medida em que o tempo passa. Notícias mais excitantes relegam-me a segundo plano. Sou esquecido. Tudo volta à rotina. Recupero noites tranquilas, de corpo e alma afundo no trabalho.

Minha mulher, eufórica: — O prêmio é seu! Estou radiante. Amanhã os jornais vão dar a notícia. Querem falar com você.

Pego o telefone. Ouço, agradeço, desligo.

Grande satisfação, finalmente. Há anos venho me dedicando a esse trabalho. O prêmio é importante para mim.

Estou alegre, confuso, um tanto desorientado. Minha mulher quer chamar amigos.

— Não. Hoje celebramos só nós. Vamos sair.

Regressamos tarde. Chego cansado e não consigo dormir. Viro de um lado para outro. Custo a pegar no sono.

Acordo cedo, mando comprar jornais. A notícia em todos, com destaque. Tomamos café em meio a uma confusão de folhas esparsas. Saio feliz, bem-humorado.

Minha mulher, à porta: — Prepare-se para os cumprimentos. Com certeza os telefones vão tocar o dia inteiro, aqui e no escritório.

Sorriso discreto e o bom-dia com que me recebe todas as manhãs, a secretária aguarda ordens. Passo os olhos nos telefonemas anotados: todos referentes a negócios. Faço-lhe algumas perguntas e espero. Ela não me diz uma palavra sobre o prêmio. Provavelmente ainda não leu os jornais. Entramos na rotina de mais um dia de trabalho. À hora do almoço ligo para minha mulher:

— Vou comer alguma coisa por aqui mesmo. Alguém telefonou?

— Não. Ainda não. Isto é, telefonou uma de minhas primas. Mas não falou nada sobre o prêmio. Com certeza ainda não sabe. E aí?

— Só trabalho. No prêmio ninguém falou.

Faço uma refeição ligeira, passo no banco e volto logo para o escritório. Aproveito a hora tranquila para rever um trabalho urgente. E depois é uma tarde como outra qualquer: muitos telefonemas, uma reunião, gente entrando e saindo, negócios, cafezinhos. Quanto ao prêmio ninguém me diz nada. Finjo para mim mesmo que pouco me importa. A verdade é que saio do escritório profundamente desapontado.

Nunca estiveram tão mudos nossos telefones. Sem comentários, minha mulher e eu nos olhamos: um sabe precisamente o que o outro pensa. Bem mais tarde, quando já me preparo para dormir, um telefonema:

— Só agora tive tempo de ler os jornais. Fiquei em dúvida se você já estaria deitado, mas não quis deixar para amanhã o meu abraço.

Agradeço, conversamos um pouco sobre o prêmio e outros assuntos. Até que enfim alguém se lembra de me cumprimentar. Durmo menos desapontado.

Nos dias seguintes, a não ser em minha casa, não ouço a mais leve referência ao prêmio. Perplexo a princípio, no decorrer dos dias tomo a coisa como natural. E até me espanto, na semana seguinte, com uma ligação interurbana:

— Fiquei muito contente com a notícia. Um grande abraço. Não liguei antes porque achei que seu telefone devia estar sempre ocupado. Você deve ter recebido milhões de cumprimentos.

Disfarço. Gaguejo: é, sim, realmente, alguns. Não vou dizer que só recebi um telefonema. Agradeço com efusão talvez exagerada e mudo de assunto.

— Estou com saudades. Venha logo. Você é mesmo meu amigo. Sempre.

Ele se surpreende: — Claro que sou. Por que essa agora?
— Percebe que estou emocionado, faz algumas brincadeiras, pergunta por um amigo comum, diz que tão logo possa virá me abraçar pessoalmente. E se despede.

Depois disso, no que diz respeito ao prêmio os telefones emudeceram. E mudos permanecem.

O encontro

Som longínquo, insistente. Viro para outro lado. Fico de costas. Volto à posição anterior. A campainha continua soando. Acordo. Estico o braço à procura do despertador. Tenho súbita consciência de que não estou em minha casa. Acendo o abajur. É o telefone.

— Como? Quando? Mas o que está acontecendo? Gaguejo perguntas assustadas. Quero saber exatamente o que houve. Percebo que não me dizem a verdade.

— Está bem. Pego a primeira ponte-aérea.

Desligo. Falo com a portaria: que me aprontem imediatamente a conta; saio dentro de instantes. Pego um cigarro, custo a acendê-lo. Não consigo controlar o tremor das mãos. Abro a pasta, remexo papéis, em busca de um tranquilizante. Nenhum. Tomo rápida chuveirada e me visto. Apanho roupas, objetos, guardo-os desordenadamente na mala. Volto ao banheiro, verifico se não esqueci a escova de dentes. Por que, em momento de tanta aflição, a preocupação com coisa tão facilmente substituível? Ando até a janela, ergo a persiana: prometem um dia esplêndido os primeiros reflexos do sol sobre o mar. E eu que pretendia fazer meu *cooper* e dar um mergulho antes do trabalho. Mas que importância tem isso agora?

Apanho mala e pasta. Desço. Pago a conta. Saio.

A velocidade excessiva em que segue o carro pelo aterro me dá náuseas. Devia ter tomado ao menos um café puro. Faço isto no aeroporto. Náuseas, garganta contraída, opressão.

Quando o avião toma altura, nem olho a paisagem. Cerro os olhos, fico inerte.

Através da porta de vidro, distingo meu irmão. Fisionomia tensa, assustada, me abraça em silêncio. Segura meu braço, me leva até o bar, pede uma mineral. Tira do bolso um comprimido e me entrega. Nem indaga se já tomei algum. Engulo. E engulo perguntas até entrarmos no carro.

Resistindo à sofreguidão com que quero me inteirar logo de tudo, aos poucos, cautelosamente, vai me pondo a par dos acontecimentos. Procuro raciocinar com lógica, as coisas, porém, não fazem sentido; não se encaixam. Tento uma linha de pensamento, e, de repente, tudo se fragmenta.

— Mas ela não me disse que pretendia sair à noite. Deve ter resolvido mais tarde. Você viajou de manhã.

— Ninguém sabe onde ela esteve, com quem esteve?

— Não.

— E o motorista do táxi?

— Já cansou de repetir: viu quando um casal fez sinal para o táxi parar, e a mulher entrou, o homem disse: eu ficaria mais tranquilo se levasse você; a mulher falou: não é preciso, já estou bem melhor, prefiro ir sozinha. Beijaram-se. O homem disse: me telefone amanhã sem falta, e fechou a porta. A mulher deu o endereço, e ficou calada; respirando fundo, ofegante, como se estivesse com falta de ar. Três ou quatro quadras adiante o motorista notou que ela se mexia, inquieta, e abriu bem as...

Já não consigo ouvir. Em meu cérebro: o homem disse, beijaram-se, o homem disse, beijaram-se, o homem disse, beijaram-se. Perplexidade e raiva.

Mas quem é esse homem? — meu tom de voz completamente alterado.

— Calma. Ainda não se sabe. Provavelmente ela saiu com alguns casais amigos, sentiu-se mal e pediu para alguém chamar um táxi.

— Qualquer casal amigo iria levá-la em casa, sobretudo sabendo que ela não estava se sentindo bem. Ou você acha que eu sou imbecil? Estou aturdido, mas ainda consigo raciocinar. O motorista descreveu esse tal homem?

— Com muita imprecisão. Diz que estava exausto, prestes a recolher o carro. Não prestou atenção à fisionomia do homem. A descrição não ajuda muito: estatura média, cabelos castanhos, óculos. Terno e gravata. Mas não se lembra da cor.

O homem disse, beijaram-se, o homem disse, beijaram-se, o homem de estatura média, cabelos castanhos, óculos, terno e gravata, o homem disse, beij—

— ... ela vomitou. O motorista ficou irritado, pensando em como estava cansado e, chegando em casa, ainda ia ter que lavar o carro e deixar as portas bem abertas para sair o cheiro. Ela pediu desculpas, estava se sentindo muito indisposta, nem teve tempo de pedir que ele parasse. O motorista sentiu pena, ela parecia tão educada, estava lívida.

— Você acha que esse homem vai aparecer?

— Não sei. O motorista diminuiu a marcha. Ela falou que lhe daria uma boa gorjeta, pediu desculpas outra vez. O motorista tentou conversar; ela respondia por monossílabos, olhos fechados, cabeça apoiada no banco. Ele começou a ficar preocupado, a todo o instante olhava pelo retrovisor.

— E ele percebeu exatamente o momento em que... em que ela...

— Só viu que ela estava morta quando parou o carro na porta do edifício. Ficou assustadíssimo. Em pânico.

— Quem chamou a polícia?

— O porteiro da noite. A pedido do motorista. Subiram depois a seu apartamento, acordaram as empregadas e uma delas me telefonou imediatamente.

Já não faço perguntas. Permaneço calado. Em minha garganta, em minha dor, em meu amor próprio, em minha raiva, um homem atravessado.

Vamos direto ao necrotério.

E desde então enfrento todo um clima de pesadelo: autópsia, polícia, velório, enterro, noticiário em jornais. E o olhar de piedade com que me encaram. Vasculho armários, gavetas, escrivaninha, à procura de um nome. Qualquer coisa que me leve a um nome. Nada.

Ainda estou meio tonto, o raciocínio embotado. Dormi quinze horas seguidas. Nem tive curiosidade de indagar que injeção era. Arregacei a manga, estendi o braço. Agora, semicambaleante, ando pelo quarto. Estou vazio. De ideias, de vontade, de qualquer sensação: dor, tristeza, raiva. Sento na beira da cama, meus olhos se fixam nas estrias de luz que atravessam a persiana e se movem na parede.

Procura lugares menos alagados, salta sobre poças, olha para as sandálias brancas novas — que pena, vão ficar encharcadas — entra no carro.

— Incrível! Parece perseguição. Este temporal não podia arranjar outra hora para desabar?

— Eu viria nem que fosse a nado.

— Mas quem veio a nado fui eu. Você tem algum pano ou qualquer coisa com que eu possa me enxugar?

Não tem.

Abre a bolsa. Seu lenço de cambraia é praticamente inútil para pernas tão molhadas. Dá uma espiada no espelho, ajeita o cabelo despenteado pela ventania — uma tarde inteira aguentando a chatice de *bobs* e secador, chatice ainda maior de conversa de cabeleireiro, e agora isto. Paciência! Depois se arruma melhor. O importante é que está ali. Apoia a cabeça no encosto do banco, respira fundo. No rádio: "Lucy in the Sky with Diamonds". LSD. Ouve atenta, em busca de descontração. Não quer que ele perceba como está tensa. Disfarça. Envereda por uma conversa impessoal, procura ser lúcida, brilhante. Não é nada disso.

Enxurrada violenta, visibilidade quase nula, seguem com cuidado.

— Se entrar água no distribuidor, estamos —
— É melhor a gente subir na calçada, encostar o carro, e esperar um pouco.

Espessa chuva desce pelo para-brisas. Um brilho úmido se reflete em seus rostos. Esperam. Batidas já menos descompassadas, seu coração aos poucos se aquieta. Aumenta o volume do rádio. Sensação de segurança, euforia. Sorri.

— Você quer ir logo jantar? — ele pergunta.
— Não estou com a mínima fome. Por enquanto.
— Nem eu. Jantamos mais tarde. Num bom lugar.
— Qualquer lugar é bom com você — ela deixa escapar.

A chuva cai com bem menos violência, já agora uma chuvinha rala. Acham que dá para prosseguir. Evitam ruas alagadas, fazem algumas voltas, chegam à avenida. Ruído de pneus no asfalto molhado. Descem devagar a pista escorregadia. Vão calados. Ela arrebenta de ternura. Tem medo de parecer tola, piegas. Por que se emociona de maneira tão intensa? Se conseguisse dar certo aspecto casual, de mulher habituada a aventuras. Sente as mãos geladas, outra vez a taquicardia.

Esperam o elevador, seu coração aos pulos. Tem a impressão de que a qualquer instante vai topar com algum conhecido.

Respira aliviada quando entram no apartamento. Tenta aparência natural. Observa móveis, quadros, aparelho de som, os discos. Separa: Gênesis, Nina Simone, Carpenters. Ele abre o bar, escolhe o uísque. Algumas almofadas espalhadas pelo chão. Senta-se, tira os sapatos, ajeita o vestido, cruza as pernas. *Are you sure you didn't make it up yourself*— Ouve. E vai sofrendo perguntas, essas perguntas tolas que as mulheres fazem ou têm vontade de fazer: é seu o apartamento? Você vem sempre aqui? Procura se convencer de que isso não importa. Pega o copo de uísque, põe no chão a seu lado. *It doesn't matter after all you're so sure that decent love is all you need.* Ouve e bebe com certa sofreguidão. Talvez lhe faça bem.

Desce a avenida. Essa mesma avenida. Asfalto agora seco, atmosfera leve, após contínua e prolongada chuva; céu límpido, de um azul inusitado. Desvia a atenção do trânsito, olha edifícios, anúncios, ruas transversais. Essa mesma avenida. Ergue os olhos: poucas e esparsas nuvens rompem a extensão azul. Por rápido instante acompanha o esgarçar de uma figura. Volta a atenção ao trânsito. Flui lento. Liga o rádio, à espera do noticiário. Como faz todas as manhãs, leu os jornais. Trazem a notícia. De maneira sóbria, sem grandes especulações, os matutinos que lhe passaram pelas mãos; quanto a outros não sabe. Não sabe e tem medo. Até onde chegarão? Essa mesma avenida. Ruído de pneus no asfalto molhado, chuvinha rala, a umidade brilhando no para-brisas. Descem devagar. Alegres. E um pouco tensos; sobretudo ela. Passa a mão em seu ombro. Vai dizer alguma coisa, um comentário qualquer, mas desiste. Seguem calados...

MORTA DENTRO DO TÁXI. MOTORISTA, ASSUSTADO, RELATA O QUE VIU. QUANDO PAROU O TÁXI, ELA ESTAVA MORTA. Manchetes de hoje. Foi lendo, enquanto tomava café.

Tentava fixar a atenção em outras notícias, voltava àquelas. Nem sabe quantas vezes leu. *MORTA DENTRO DO TÁXI.*

— Vou levar você — insiste. — É um absurdo você ir sozinha, assim indisposta como está.

— Não há necessidade. Você me põe num táxi. Desço na porta do edifício, subo e pronto. Vou direto para a cama.

Na esquina da avenida faz sinal para um táxi, abre a porta, ela entra.

— Eu ficaria mais tranquilo se levasse você.

— Não é preciso, já estou bem melhor, prefiro ir sozinha.

Inclina o corpo para dentro do táxi. Um beijo rápido e: — Me telefone amanhã sem falta. — Fecha a porta.

Parado na esquina, vê o carro se afastar. Anda até o local onde estacionou o seu. Apressa o passo. A chuva continua a cair.

Morta dentro do táxi. Acabara de jantar, o telefone toca, é para ele.

— Como? Quando? — Ouve em supremo esforço de autocontrole. É preciso que ninguém perceba a que extensão a notícia o atinge.

Alega forte dor de cabeça. Vai para o quarto, tranca a porta. Anda de um lado para outro. Abre a janela, está sem fôlego. Não sabe o que fazer. Apresenta-se antes que o localizem? Ou espera que se definam os acontecimentos? Completamente desorientado, tenta raciocinar com calma, com lógica. Contar tudo imediatamente seria agir de modo leal, honesto. Mas iria magoar sua mulher, outras pessoas; de maneira profunda, irremediável. Procura o isqueiro; mais um cigarro, e recomeça a andar. Em completo desatino. Morta dentro do táxi.

Essa mesma avenida. Para no sinal. A igreja, O Hilton, carros cruzando, gente que atravessa com rapidez; movimentos, gestos, ruídos, cores. E o céu de um azul inusitado. Do fundo do estômago vem subindo, vem subindo e lhe chega à garganta uma contração ácida. Entreabre a porta, cospe: saliva grossa, pegajosa.

Essa mesma avenida. Deixa o carro no estacionamento, anda até a esquina. Parado, vê o táxi se afastar. Um beijo rápido, sua fisionomia lívida, as mãos frias. Sai da esquina. Apressa o passo. A luz intensa da manhã incide nas fachadas, brilha nos metais. Incomoda-lhe a vista. Muda de calçada, fixa os olhos no chão. Não vê ninguém, não quer encontrar ninguém. Entra no escritório.

HD 41

— Apresentado a empreiteiros e firmas de terraplenagem o trator HD 41, de fabricação americana: remove qualquer obstáculo à sua frente. (Segunda-feira, 18-9-1972 — Jornal Nacional — Rede Globo de Televisão).

— Nova Iorque na linha para o senhor.

— Peça para a Gebê aguardar um instante. Receba o diretor da *Corporation*. Avise ao superintendente que o atenderei dentro de meia hora.

— E o diretor do jornal?

— Às 11.

— Mas o senhor tem reunião de diretoria.

— Encaixe em minha agenda. Esprema os horários. Dê um jeito.

Sim, tudo certo. Contrato pronto, relatórios também. Irei esperá-lo. Fique tranquilo, tudo em ordem.

Desligou o telefone; pegou o outro, terminou a conversa interrompida com a GB. Correu os olhos pela sala imensa, suspirou fundo. Não ia ser fácil esse dia. Fizera uma primeira refeição bastante reforçada pois já sabia que não poderia contar nem com o horário do almoço. Dar-lhe-iam tempo, a cada duas ou três horas, perguntou-se inquieto e irônico, para um rápido pipi? Depois, cinco minutos de alívio completo, desligamento total — lavava o rosto com água fria, respirava fundo, fechava os olhos, encostava-se nos ladrilhos úmidos da parede. Tomava uma pílula e voltava refeito. Pronto para recomeçar. Fizera isto em outros dias, em inúmeros outros dias iguais a esse. Piores talvez. Se aguentara até então, por que o repentino desânimo, o mau-humor sem razão aparente? Não chegara onde queria? (Ou quase?) De que se queixava? Aguentara durante anos e anos. Mais alguns e podia parar.

— O senhor atende?

— Não. Toda vez que ela telefonar a senhora diz que estou em reunião, que saí, que viajei, o que a senhora achar mais conveniente.

— E a que ligou ontem à tarde?

— Quando não estiver muito ocupado ou com algum negócio importante, atendo.

— De sua casa também telefonaram pedindo para o senhor ligar para lá assim que puder.

Mulheres, a própria, as outras, todas sem o menor senso de oportunidade, ligando às horas mais inadequadas, às de maior movimento, às de negócios mais importantes, e para quê? Para coisas sem a menor importância, para bobagens, perguntas tolas, conversas inúteis. Por temperamento, por educação era amável com todas, quando não as conseguia evitar. O chato era que quase sempre o início partia dele: aquela sensação de deslumbramento a cada nova conquista, a euforia, a quebra do tédio, e a nova imagem sobrepondo-se a: cifras, contratos, relatórios, faces sisudas, almoços, jantares, banquetes, homens de terno azul-marinho, camisa impecável, gravata sóbria (cortada de quando em quando pela berrante alienígena). A imagem recém-descoberta e amada. Pouco durava, entretanto. Logo sobrevinham náusea, tédio, as inevitáveis chateações do rompimento sem motivo, a insistência, a incompreensão. Era preciso muito tato. Na realidade, não gostava de magoar as pessoas. As mulheres geralmente são sensíveis, ressentem-se com qualquer coisa, apegam-se demasiado, e, o pior, têm aguçado senso de propriedade. Arvoram-se logo em donas: controlam, fazem perguntas, tudo querem saber. Bem difícil, muitas vezes, a volta ao descompromisso, à disponibilidade.

(Trecho de carta, sem data, esquecida entre as folhas de um relatório:

— Você é amável, educado, mas sempre distante, sempre na defensiva contra qualquer espécie de relacionamento que possa ou pareça implicar em algum compromisso. E, entretanto, eu te amo da maneira a mais desinteressada possível: jamais quis ou esperei receber qualquer coisa. Sua posição não me deslumbra, seu prestígio nada significa para mim. Gosto de você, apenas.

O que não consigo entender é a rapidez com que murcha e se deteriora uma emoção que parecia profunda. O que não consigo entender é o súbito e imprevisível fim de um entusiasmo que se mostrava imenso. Recuso-me a aceitá-lo como um farsante. Bem sei que tudo apodrece com o decorrer do tempo. Mas, frequentemente, a corrosão é gradativa, a não ser que outros fatores apressem o fim; o que não foi o caso, e nem tempo houve para tanto. É inexplicável para mim —)

Ela jamais conseguiria entender. Inútil qualquer explicação, nem ele tentaria. Se para si próprio não conseguia explicar, como iria fazê-lo para outra pessoa? Às vezes, em noites de insônia, procurava chegar às origens desse fastio, desse desencanto brusco e prematuro. Fazia mil conjeturas, lembrava-se de seus estudos, do início de sua profissão, dos anos árduos que passara estruturando os alicerces em que agora se apoiava. Bem cedo traçara-se a meta: viria em último plano tudo aquilo que não se referisse a seus estudos, sua carreira profissional; mulheres, amigos, diversões.

— Tudo seria secundário. Era preciso, antes de mais nada, acumular instrumentos de trabalho: cursos e mais cursos (universitários, de extensão universitária, de línguas), pós-graduação, anos de especialização no exterior. Fora a própria e o inglês, é óbvio, falava com fluência três línguas. Quanto a diplomas, qualquer dia precisava verificar os que possuía. Esse fastio brusco e injustificável em relação a pessoas, mulheres sobretudo, talvez remontasse à época em quase habituara a não se prender emocionalmente a ninguém. Divertia-se com moças e rapazes, saía com garotas, é claro; tivera inúmeras aventuras amorosas — tudo como uma espécie de higiene mental, como se fizesse ginástica ou praticasse esporte.

— O senhor está se atrasando para a reunião.

— Já vou. Estou acabando de verificar este relatório. E os outros?

— Estão todos dentro da pasta.

Quase três horas de ginástica mental, exaustiva, irritante. Agitada a reunião: debates, discussões calorosas, pontos de vista obtusos, empedernidos. Tivera ímpetos de partir para a ignorância com um dos diretores. Como é que um bestalhão desse quilate chegara até ali? Ninguém percebia? Iam deixar um sujeito daqueles opinar sobre as resoluções mais importantes? Chegaram finalmente a um acordo, pelo menos no que se referia a itens prioritários. Voltou ao escritório, entrou por uma das portas laterais, mandou buscar um suco de laranja e um sanduíche. Enquanto aguardava recostou-se no sofá. Na sala contígua já havia gente à sua espera.

O senhor precisa de mais alguma coisa?

— A senhora ainda estava aí? Já devia ter saído. Ainda tem alguém à minha espera?

— A moça que fez as fotografias. Quer que o senhor veja se ficaram boas.

— Ela bem podia deixar isto para outra hora. Afinal de contas, não pedi tanta pressa assim. Nosso estande não vai ser montado amanhã.

— Quer que diga para ela voltar outro dia?

— Espere um pouco... Não. Prefiro resolver agora. Assim já me livro disto. A senhora pode sair. E, por favor, avise ao motorista que descerei dentro de meia hora.

O carro último-tipo-grande-preto, como todo carro de executivo que se preza, subiu a avenida — este trânsito é sempre de amargar mesmo não sendo hora de *rush* e esta chuva que não passa há duas semanas, chove sem parar, a cidade cheirando a esgoto, a gente cheirando a mofo — desceu a avenida, parou no sinal, desviou para a direita — antes a gente podia dobrar à esquerda agora tem que fazer este desvio e nestas duas quadras o trânsito virou lesma (quando consegue se mover) — pegou outra avenida, enveredou para os Jardins — o jardim está que é só lama, com certeza as plantas mais fracas vão morrer, não é possível aguentar tanta água, as crianças resfriadas, irritadas, todo mundo enervado, as pessoas ficam neuróticas antes do tempo — entrou numa rua arborizada, parou em frente ao 135, e o motorista desceu para abrir o portão — se o tempo continua deste jeito provavelmente amanhã cedo não vai haver teto e eu vou ficar plantado no aeroporto pelo menos umas duas horas, vou até levar alguma coisa para ler ou aproveito para dar uma última espiada nos relatórios — subiu a rampa, parou junto à porta de entrada.

— Muito trabalho hoje, meu bem? Cansado?

— Extenuado.

— Quer que mande servir logo o jantar?

— Não. Nem sei se tenho fome. Mande estas crianças diminuírem o volume da televisão e fazerem menos barulho.

Tomou um banho demorado, jantou pouquíssimo, deu algumas palavras com a mulher e os filhos, meteu-se na cama. Imergiu no Simenon que começara a ler na noite anterior. Para um bom *relax* nada como um policial bem escrito — receita muitas vezes útil aos homens de empresa, antes de apelarem para os comprimidos.

Et il couvrait le jeune avocat d'un régard ironique. Celui-ci ne pensait evidemment pas un mot de ce qu'il disait. Cela faisait —

— Preciso sair mais cedo amanhã. Vou ao aeroporto esperar um diretor que chega de Nova Iorque. Vai ser um dia daqueles...

— Quando é que você não tem um dia daqueles?

— *pas moins influencé par la présence de Maigret et il fut un bon moment avant de s'y retrouver dans ses notes.*

— Não sei se o motorista foi avisado para vir mais cedo.

— Provavelmente foi. Não se preocupe. Você precisa descansar. Veja se consegue dormir.

Pôs o livro de lado. Deu uma espiada no que a mulher estava lendo. Como é que ela consegue aguentar esta merda açucarada? Preciso urgentemente melhorar o gosto literário de minha mulher. Levantou-se, foi à biblioteca, procurou três autores: Rubem Fonseca, Osman Lins, Dalton Trevisan. Deixou os livros sobre a mesa de cabeceira da mulher, dizendo apenas: quando você terminar, leia estes que são bons. Tomou um comprimido e deitou-se de novo.

Aeroporto, hotel, companhia, diretores, almoço, companhia, diretores, planejamento, relatórios, cifras, perguntas e mais perguntas, esses executivos que chegam querem se inteirar de tudo num só dia, será que eles nunca se cansam? Às sete da noite breve pausa para beijos rápidos na mulher e nos filhos, terno azul-marinho, camisa Pierre Cardin, gravata também Cardin, abotoaduras de Ônix, e antes de sair para o jantar: — Na próxima semana eu talvez precise dar um pulo até Nova Iorque.

— Você ou nós?

— Se você quiser ir, meu bem, é claro que acho ótimo. Mas vai ser uma viagem muito rápida e vou trabalhar o tempo todo. Não sei se valerá a pena. Em todo o caso, você é quem sabe. Quando eu voltar conversaremos. Estou em cima da hora.

(Mulher fazendo tricô e assistindo a — ou antes ouvindo — programa de tevê:

> *Música eletrônica (bg) Dando início a nosso programa "Homens de Empresa", pretendíamos trazer hoje para os senhores uma extraordinária personalidade: Dr. Horácio José Leme da Silva Dias, conhecido no mundo empresarial como o fabuloso HD.*

Mulher ergue os olhos do tricô

> *Vídeo tape: HD entrando na empresa HD em sua sala HD sentado à sua mesa Close: HD*
> *Famoso por sua assombrosa capacidade de trabalho, Agadê é considerado um dos cérebros mais geniais entre os que atuam na empresa privada do país.*

No decorrer de sua carreira profissional, brilhante e incrivelmente rápida, Dr. Horácio José tem ocupado posições de relevo nos setores financeiros e econômicos; e sua atuação na empresa que dirige tem sido das mais importantes e significativas. Infelizmente, para o nosso telespectador e para nós, Dr. Horácio José (ou Agadê) precisou viajar para Nova Iorque. É assim o mundo dos negócios: implacável e exigente. Nossos empresários, em virtude de seus compromissos, podem estar hoje em Nova Iorque, amanhã em Paris, depois de amanhã em Tóquio.

Mulher ouve o filho chamando, larga o tricô sobre a cadeira, ergue novamente o olhar para o vídeo

Close Apresentador
Mas, não se sinta logrado o telespectador: Dr. Horácio José, antes de viajar, teve a gentileza de nos telefonar avisando que enviaria para substituí-lo um de seus assessores diretos, que temos agora o prazer de apresentar. Trata-se de um jovem economista, bastante conhecido, atuando junto a —
Close: Entrevistado

Levanta-se e vai ao quarto do menino.)

Four Seasons. Gosto deste lugar. Já está se tornando um hábito: não há uma vez que venha a Nova Iorque sem que dê uma chegada até aqui. Melhor seria se esta moça falasse menos, ou não falasse nada. Bonita, alinhada, bem-feita de corpo; mas demasiado falante para meu gosto. Será que ela vai apreciar devidamente um jantar no *Marmiton* ou é dessas que não distinguem um *Camembert* de um *Brie*? Também já estou pedindo muito. Contanto que não me venha sugerir o *Latin Quarter* ou qualquer outro com show feito sob medida para turista; isso eu não aguento. Seria ótimo se ela concordasse em ouvir um pouco de música no Village, *gospels* e *spirituals*, antes de irmos para o hotel. Andei demais no Metropolitan e depois na Guggenheim; afinal de contas, depois de tanto trabalho, pelo menos uma tarde reservei para fazer aquilo de que gosto. Nunca posso ver as exposições que me interessam. Será que algum dia terei tempo para pintar? Um último contato amanhã cedo, compras para minha mulher (provavelmente não poderei fazer todas), um presente para cada filho, e depois *back to Brazil*.

— Fez boa viagem, meu bem?

— Ótima. E em casa, e vocês? Tudo em ordem?

— Tudo bem. Os meninos queriam vir, mas achei preferível não perderem aula. E assim a gente conversa melhor, estou ansiosa para ouvir as novidades.

— Não tenho muito o que contar. Trabalhei como um alucinado.

— Mas à noite, pelo menos, você deve ter saído, deve ter visto alguma coisa, show, teatro, ou —

— Só fui a cinema; duas vezes: Bogdanovich e Peckinpah.

— Você não viu nenhum musical?

— Não. Preferi ir ao cinema; me descansa mais.

— Francamente, não vejo como a violência do Peckinpah possa descansar alguém.

— É uma outra espécie de violência. A gente passa de uma violência real, cotidiana, para a condição de espectador. E isto descansa, atua como um *relax*. Para mim, pelo menos.

— Por falar em descanso, depois que você abrir a mala, conversar com as crianças, comer alguma coisa, etc. é bom descansar um pouco porque hoje você tem um jantar.

— Ah, essa não! Não é possível! Mal cheguei. Estou exausto.

— Fiz tudo para evitar, mas já telefonaram duas vezes. É importante; precisam de você sem falta.

— Está vendo? É esta a espécie de violência a que refiro: o sujeito chega extenuado, depois de um trabalho insano, depois de horas e horas de voo, quer ficar em casa com a mulher e os filhos, pelo menos neste dia, e não pode. Tem que se vestir e ir a uma chatice de um jantar.

— Desculpe, meu bem, mas você é pago para isto.

— Eu sei. Não é preciso que você me lembre. Acontece que hoje não vou a droga de jantar nenhum. — Mas foi.

(Considerações de um executivo, bastante chateado, durante um jantar:

— *Morremos cedo, o desgaste do organismo humano tem limites. Somos peça básica da engrenagem, eixo propulsor, ponto de apoio, seja lá o que for, o caso é que nada funciona sem nossa presença, sem nossa assinatura. E o desgaste é imenso, prematuro. Somos regiamente remunerados, temos livre acesso aos figurões mais importantes do país, conhecemos (e possuímos) mulheres fabulosas, viajamos, nos hospedamos em hotéis de luxo, temos carros e motoristas à nossa disposição, comemos e bebemos do bom e do melhor — mas, e o que nos pedem em troca?)*

Somos verdadeiros tratores aplainando os caminhos da empresa. Quando resolvermos (ou pudermos) parar; quanto tempo ainda nos sobrará?

Mais dois anos, que HD passou: em reuniões de diretoria, recebendo empresários do país e do exterior, em voos domésticos e *over-seas*, fazendo relatórios, assinando contratos, confabulando com grandes banqueiros, tendo ideias brilhantes para projetar o nome de sua empresa (ideias que evidentemente não foram: patrocínio de edições de luxo, exposições de artes plásticas, concessão de bolsas de estudo — campo já bastante explorado). No decorrer desse período amou e teve, além da própria, 5 mulheres: 3 um tanto chatas, 1 razoável, 1 fabulosa. Nos poucos fins de semana em que conseguiu sair da capital, tentou descansar em seu apartamento no Guarujá ou na sua fazenda em Campinas. Nos primeiros meses desse segundo ano, apresentou graves sintomas de um *nervous breakdown*. Tirou férias, voou para a Suíça, passou 40 dias em Lausanne, à beira do lago. Voltou mais dinâmico e eficiente do que nunca. Jamais a empresa admirou tanto, como nessa época, sua capacidade de trabalho, seu espírito criativo e empreendedor. Foi então que se pensou em seu nome para a presidência. Já se cogitara disso anteriormente, mas de certa maneira um tanto vaga, pois, além do seu, outros nomes haviam qualificados para preencher cargo de tal importância. Mas, desde que HD ao voltar da Suíça reassumira suas funções, os outros nomes foram-se aos poucos apagando.

    Casa cheia, movimentada. Amigos chegando, telefone tocando sem parar, garçons de um lado para outro, champanhe, uísque, bandejas com salgadinhos. Cumprimentos e mais cumprimentos. Euforia geral, mesmo a de alguns diretores ressentidos, que tentavam dissimular a decepção sob o sorriso e o abraço com que cumprimentavam o novo Presidente: Dr. Horácio José Leme da Silva Dias. Aturdido, era levado ora para uma sala, ora para outra; chegavam-lhe aos ouvidos palavras cujo sentido lhe escapava, recebia abraços, tapinhas nas costas, via gente amiga, gente com quem mantinha relações distantes, parentes — e o aturdimento crescendo. Uma nuvem negra escureceu-lhe subitamente a vista, pontinhos brilhantes dançavam à sua frente. Apoiou--se numa cadeira próxima, livrou-se de um abraço, subiu e trancou-se no banheiro. Lavou o rosto com água fria, respirou fundo, sentou-se na banqueta, encostou a cabeça nos azulejos. Assim que melhorou, resolveu descer; provavelmente já teriam dado por sua ausência. Foi de novo cercado, arrastado de um lado para outro, de uma sala para outra, em meio ao vozerio, a ruído de copos, risos, abraços, cumprimentos.

Todos os obstáculos removidos, HD na presidência.

Jantar em fazenda

Casal anfitrião: ela: filhinha de papai, rica, muito bem posta na vida, sempre maquilada, sempre muito bem cuidada, impecável seja cidade ou campo. Faz 38 graus ela não sua; cílios postiços, base, "blush-on", sob o sol ardente, ela vai ver o gado e não sua. Simpática, entretanto.
Ele: o paradigma do príncipe consorte. De seu mesmo — além do corpo, é claro — entrou com o nome de família. Recebe bem. Antipático que procura ser amável. Trabalha — ou faz que — com o sogro, naturalmente.
Mãe da anfitriã: preciosa. (Eu sou do asfalto, só gosto de conforto, nunca peguei numa panela). Vive de rendas e coleciona maridos, todos eles aceitos nos lares os mais convencionais. Pudera, não tivesse ela Cr$ 300.000,00 de renda por mês — ou por dia? Esse negócio de cifras muito altas me perturba um pouco.
Marido da mãe da anfitriã (o recentíssimo): simpaticão, "bon vivant". Vai a Londres e a Paris como se fosse à esquina comprar cigarros. Dócil como um cordeiro, põe e tira o casaco de acordo com o frio que a mulher sente — atire a primeira pedra quem não o faria a Cr$ 300.000,00 por mês (ou por dia).
1º casal convidado: ela: profissão: herdeira. No decorrer de dois rápidos anos, perdeu pai, mãe e riquíssima tia sem filhos. Comprou fazenda, próxima à da anfitriã, onde faz misérias: derruba morros, desvia curso de rio, aplaina, destrói

constrói, inaugura pavilhões, contrata empregados, despede empregados, oferece churrascos, almoços, banhos de piscina, banhos de cachoeira, jogos ao ar livre e ao ar condicionado. E a própria ebulição, em seu mais alto grau.

Ele: justiça se lhe faça não posa (como o anfitrião) unicamente de príncipe consorte. Exerce alto e bem remunerado cargo em grande indústria. O que lhe torna mais suave o papel de marido de herdeira.

2º casal convidado: ela: tal como a mãe da anfitriã, também detesta a vida rural. Só vem à fazenda quando não consegue mesmo evitar, quando o marido (fazendeiro na zona há longos anos) insiste demasiado. Não se interessa por nada que diga respeito à vida agrícola. Passa pelas plantações e não olha. Passa pelo gado e afunda o nariz no lenço rescendendo a "Cabochard". Vai direto ao interior da grande casa colonial, de onde só sai para a piscina. Ou de retorno à capital. Numa única vez em que se dispôs a andar a cavalo, apanhou um carrapato — o suficiente para fazê-la jamais repetir a façanha. Só vem à fazenda muito de quando em quando, para não aborrecer o marido. Em atenção a seus milhões, que não convém perder.

Ele: o verdadeiro "homo ruralis", o cabloclão genuíno, simpático, generoso, de fala arrastada, o erre um tanto acaipirado. Sem requinte, sem prosápia. Só tem na vida um arrependimento: é não se ter casado com uma mulher um pouco mais rural.

Eu: mas como posso eu própria dizer o que sou ou o que deixo de ser? E que faço entre essa gente?

— Ele pediu um absurdo, mas acabou cedendo. Paguei ótimo preço. Fiquei com as cinco.

— Gir?

— Não. Santa Gertrudis. Dentro de um ano vão valer o dobro.

— ... felizmente foram embora ontem. Quando eles chegam não se tem um minuto de sossego.

— Os mesmos que conheci em sua casa?

— Não. Desta vez a empresa mandou outros. É a primeira vez que estes vêm. E foi aquela chatice de mostrar tudo. São Paulo "by night" inclusive.

— ... estão um pouco magras, mas com bom trato você vai ver como vão ficar. É lucro na certa.

— Este negócio de gado não me seduz muito. Prefiro lavoura. Você já notou como o maracujá está entrando aqui na zona?

— Desculpe a franqueza, mas esta história de maracujá, uva, tomate... isto é coisa pra sitiante. Fazendeiro que se preza cuida mesmo é de gado.

— Sendo latifundiário, é claro. Aliás, o Incra.

— ... desta vez não pude trazer muita coisa. Deixei as compras para o fim, e na última semana foi um convite atrás do outro. Almoços, jantares. Só íamos ao hotel para dormir e trocar de roupa.

— Eles também estavam em Paris?

— Não. Estavam em Londres. Mas falamos com eles diversas vezes. Você sabe, lá o serviço telefônico não é esta droga que temos aqui. Aliás, quando a gente chega do exterior estranha tudo; aqui nada funciona.

Eu: muda. Cabeça em pingue-pongue, ouvidos em várias faixas, olhos circunvagantes irresistivelmente atraídos para as pintas do simpático dálmata refestelado no tapete. Tremenda fome; será que esta gente nunca vai parar de beber? Dez horas e nem vislumbre de jantar.

— ... trouxe umas mudas do Japão. Ficou entusiasmado.

— E que espécie de adubo ele usou?

— Não tenho bem certeza, mas parece que...

— A própria esquerdinha. Agora só se dá com intelectuais, e está com umas ideias que você nem imagina. Para ela somos todos burgueses e quadrados.

— Fosse eu o marido, já tinha dado um basta há muito tempo. Ela usa o termo "burguês" como o pior insulto. Outro dia, em sua casa, só para provocar, declarei alto e bom som: sou burguês com a máxima honra, sou racista, e pertenço à TFP. Quase apanhei.

— Por que ela não pega na enxada ou não vai à Rússia ver como são as coisas por lá?

Eu: muda. Cada vez mais faminta. Preciso disfarçar e entrar na conversa. Como? Em que faixa? Experimento cavalos? Tenho um certo fascínio pela espécie. Começo pelos de raça ou por pangarés? De corrida ou simples montaria? Talvez seja preferível a faixa da viagem. Paris? Londres? A última peça a que assisti em Londres...

— ... deve ficar pronta no próximo mês. A outra era muito pequena. Se chegavam mais alguns amigos nem se podia nadar direito. E esta tem água corrente.

— ... já está tudo arado. Mas temos o problema da água. Talvez seja preciso colocar um pequeno motor.

— ... é o máximo da pornografia. Acho que aqui a censura teria cortado mais de cinquenta por cento.

Eu: muda, já está dando na vista. Ânimo. Um pequeno esforço. Um pouco de boa vontade. Afinal não é tão difícil assim. Uma frase, uma pergunta qualquer. Receitas culinárias, quem sabe. Suculentas. Apetitosas. Um incentivo talvez, para que a anfitriã mande servir o jantar.

— ... é incrível, por dá cá aquela palha eles vão se queixar na Delegacia do Trabalho.

— E a gente leva processo em cima, tem uma série de aborrecimentos, e...

Volto-me para a dona da casa, nesse momento a meu lado, e pergunto-lhe se já havia experimentado aquela fabulosa receita de patê francês da tia —

— Sim, faço sempre. Aqui em casa todos adoram. Mas ainda melhor do que aquela é uma que consegui em minha última viagem a Paris. Você nem imagina que delí —

A essa altura, porém, sou obrigada a ouvir uma receita de *mousse au chocolat* que, do outro lado do sofá, escorre em decibéis mais altos.

Três, quatro, cinco receitas. Isto é sadismo. Não aguento mais.

Levanto-me, peço licença, vou à toalete. Puxo a banqueta para junto da luz, tiro da bolsa um livro. Quando estou quase terminando o como (ele não encontrou Godfrey, não vai encontrar nunca), batem à porta.

— Você vai demorar? Está precisando de alguma coisa?

— Não obrigada. Já vou. O zíper da minha calça enguiçou; eu estava tentando arrumar.

— Posso mandar servir o jantar?

Na voz mais amável que consigo: — Pode sim. Já estou indo. Não se preocupe comigo.

Minutos mais tarde, duas mulatinhas, engomadamente uniformizadas, depositam sobre o aparador as primeiras travessas.

Sua excelência em 3D

D1

Sorriu para a aeromoça, e foi um dos primeiros a sair. Colocara-se estrategicamente junto à porta. Não tinha um minuto a perder. Atravessou em passos rápidos o saguão do aeroporto, seguido por correligionários, repórteres e fotógrafos. Disfarçando impaciência e cansaço, procurava responder de maneira breve — e de preferência ambígua — a algumas das inúmeras perguntas. Entrou no carro. Mandou seguir para a TV. Dentro de vinte minutos estaria no ar. Rememorou frases-chave de que costumava utilizar-se, em entonações diversas conforme a ocasião e o público a que se dirigia. Foi recebido por um apresentador excessivamente solícito, mal teve tempo de engolir um café, e já estava sob luz e calor dos refletores.

— *para que fique bem claro de[1] que a nossa posição é frontalmente contrária aos interesses das — temos dito várias vezes e insistimos em repetir de[2] que a nossa meta principal é —*

— *segundo dados objetivos e cifras precisas[3] que nos utilizamos para elaborar relatório referente a —*

---

[1] Tinha o hábito de colocar o *de* onde a frase não pedia.
[2] Idem.
[3] Frequentemente omitia o *de* quando este era necessário.

Quadro-negro, giz em punho. Começou na extrema esquerda, bem em cima. Reportava-se a anotações e enchia a lousa de algarismos. Acabou na extrema direita, bem embaixo.

Sentou-se, sob olhares aprovadores, e ficou à espera das perguntas. Trazia prontas as respostas. Durante o voo, mudara, ou inserira, uma ou outra palavra, que produzisse maior efeito. Só se reportaria a anotações com referência a datas, cifras, dados muito precisos. Quanto a perguntas de telespectadores, seriam selecionadas apenas as convenientes. Nós, seus assessores, estávamos ali para isso.

Excelente dicção, voz grave e modulada, utilizava-se de todos os recursos adquiridos em aulas de empostação. Sempre, ou quase sempre, com resultados brilhantes. Convincente, aliciadora, a maneira como se expressava; mesmo quando nada dizia. As mulheres, sobretudo, encantavam-se. No rol de suas encenações, certos gestos eram peça de resistência. Como um movimento brusco de cabeça, para afastar o cabelo liso e abundante que, de quando em quando, lhe escorregava sobre a testa.

Atentos aos telefones, anotávamos e selecionávamos as perguntas. Que ele respondia pausadamente, sempre com demonstração de interesse.

— *em se tratando de assunto especificamente adstrito à área de seu trabalho, nosso assessor, com maior propriedade, poderá —*

Levantei-me, dividi a lousa em três espaços. Expus o assunto, procurando fazê-lo de forma clara e sucinta. Dessa vez fora eu o premiado. Em trabalho de equipe — ele costumava dizer — não é justo que só um colha os louros; e, de quando em quando, um de nós aparece. Naturalmente colhíamos os louros com os devidos limites e reservas. Sentei-me e continuei atento às chamadas telefônicas.

Terminado o programa, voltou-se rapidamente para nós:
— Vocês jantam comigo.

E para mim, em voz baixa: — Depois saímos juntos. Por favor, telefone para minha casa avisando que iremos jantar.

Cercado pelo pessoal da televisão, sorriu, aceitou mais um cafezinho, fez alguns comentários pretensamente jocosos que despertaram grande hilaridade. Despediu-se e saiu.

Saímos.

D2

Na sala de som: a mulher, uma amiga, dois casais. Terceira ou quarta dose de uísque. Tevê ligada, à espera de que ele entrasse no ar.

— Li ontem. Foi um dos melhores pronunciamentos que ele fez.

— Você acha mesmo?

— Claro.

— Mas parece que despertou alguns comentários desfavoráveis.

— Ninguém consegue agradar a gregos e troianos.

— É difícil, realmente. Mas o colunista do JM não precisava ter sido tão grosseiro.

Levantou-se, sintonizou melhor o canal, e:

— Vocês me dão licença um instante? Vou verificar a quantas anda nosso jantar. Acho que este programa não vai começar já. Sirvam-se à vontade.

Para a amiga: —Venha comigo. Voltamos logo.

Atravessaram o vestíbulo, passaram junto à sala de jantar, entraram na imensa sala de visitas.

— Quero que você veja nossa última aquisição. — Ligou um computador, fez incidir um foco de luz sobre o quadro, observou a reação da amiga. — Que tal?

— Fabuloso! Um Tarsila da fase pau-brasil! Como é que vocês conseguiram?

— Parece que o fulano não estava muito bem de finanças. Fizemos uma oferta à vista. Ele topou logo.

— Incrível!

— Nem tanto. Foi sorte termos localizado o quadro antes dos outros. — Paradas ante a paisagem, durante alguns segundos. — Mas não foi só por causa disso que pedi para você vir até aqui. Quero falar com você longe dos outros.

— Sobre o quê?

— Com certeza você já imagina. Ando chateadíssima. Telefonemas quase todos os dias. Sempre a mesma voz. Por favor, seja franca comigo: você tem ouvido algum comentário?

— Não.

— Se você é de fato minha amiga, tem a obrigação de me dizer.

— Penso exatamente o contrário: se sou de fato sua amiga, tenho a obrigação de não dizer. Mas fiquei tranquila — enfrentando, impávida, o olhar inquisitivo — não ouvi comentário de espécie alguma.

— Tenho percebido insinuações; sinto a coisa no ar.

— Se você não sabe nada de concreto, por que se aborrecer inutilmente?

— Detesto fazer papel de tola. Fico furiosa. Estou pensando em tomar providências: corto-lhe a verba.

— Você não deve agir sob um impulso de raiva. E ainda mais se não tem certeza de nada.

— Estou farta de financiar campanhas políticas e de ver meu dinheiro gasto nessa diversão.

—Você não está sendo justa. Sabe que a política não é uma diversão para ele. É parte integrante de sua vida, é sua profissão, seu modo de ser. Enfim, é importantíssima para ele.

— Mas acontece que me está saindo muito cara, sob todos os aspectos. Não é só pelo dinheiro — pausa —. Admito que no princípio eu gostava.

— Gostava? Você ficava fascinada. Você, eu, todas as outras.

— É. Mas nunca pensei que fosse absorvê-lo a tal ponto. Ele não tem tempo para nada; mal aparece em casa. Do jeito em que as coisas andam, qualquer dia vou ter que marcar audiência.

— Não exagere. Você sabe perfeitamente como é a vida de todos eles: mil problemas para resolver, milhões de pessoas para atender. E a camarilha sempre atrás.

— Enquanto for só isso ainda vou aguentando, mas, se o pouco tempo que sobra para mim for dividido com qualquer vi —

— Não pense mais nisso. Os outros estão à nossa espera. O programa já deve ter começado.

— Está bem. Conversamos depois. Tenho engolido muita coisa, mas a papel de palhaço não empresto. Decididamente não me serve.

Sua imagem já estava no vídeo. De costas para a câmera, braço erguido, enchia a lousa de algarismos, chaves e siglas. De quando em quando, voltava-se para a câmera; que o focalizava em close. Sentou-se, sob olhares aprovadores, e ficou à espera das perguntas.

— *em se tratando de assunto especificamente adstrito à área de* —

— *com relação à maliciosa pergunta do telespectador José da Silva, preliminarmente fazemos questão de demonstrar que esse senhor desvirtuou nossas declarações. Quando afirmamos que a vigência —*

— *pergunta inteligente e que nos possibilita trazer a público informações mais detalhadas relativas aos índices de —*

Uma a uma, sempre com demonstração de interesse, ia respondendo às perguntas.

— Vocês acham que ele está se saindo bem?

— Claro! Como sempre.

— É extraordinária a facilidade com que ele se expressa.

— E como consegue encontrar a palavra exata!

Raiva já um tanto derretida, a mulher voltou o olhar para o vídeo. À medida em que observava a imagem do marido, diluía-se a irritação. Tentou ainda resistir, insensivelmente viu-se envolvida em palavras e gestos. Calada, fixou o olhar no aparelho até o fim do programa.

O mordomo: — Telefone para a senhora.

Atendeu ali mesmo: — Quantos? Daqui a quanto tempo? Está bem. Esperamos.

Voltando-se para os amigos: — Ele vem jantar. Com mais quatro pessoas. Vocês me dão licença. Preciso tomar algumas providências.

D3

Passou a chave na porta, andou rapidamente até o quarto, largou bolsa e dois embrulhos sobre a cadeira, tirou a roupa — que jogou desordenadamente sobre a cama — e entrou no chuveiro. Vestiu um roupão e foi à cozinha.

Uma refeição ligeira e ligo logo a tevê. Não quero perder o programa. Ainda bem que hoje é meu dia de comer só frutas. E um pouco de queijo também; não é isso que me fará perder a linha. O que é preciso é saber contrabalançar: quando como arroz, não como batatas, quando como batata, evito massas. Um dia por semana só frutas. E ginástica sempre. Dá um pouco de trabalho, mas compensa: quando experimento um vestido e cai como uma luva (como me dizem frequentemente os costureiros); quando os homens olham para meu corpo. Não adianta ter só rosto bonito, cabelo longo e sedoso. Não; isto não é suficiente. É preciso manter a linha. Caso contrário, estaria onde estou agora?

Abriu a geladeira, tirou uma maçã, uma pêra, cortou duas fatias de queijo, preparou um suco de laranja. Pôs tudo numa bandeja, levou para o quarto. Ligou a tevê, afastou para um lado as roupas que espalhara sobre a cama, ajeitou o travesseiro e recostou-se. Anúncios. O programa ainda não começara. Lentamente, passeando os olhos pelo quarto, foi comendo a maçã. Com casca.

Assim que terminar, guardo estas roupas, dou ordem nisto tudo e me visto. Tenho ainda muito tempo; com certeza ele só vai chegar depois de meia noite. Como sempre. Mas, seguro morreu de velho: não gosto que ninguém me encontre desarrumada — menos ele. Abro logo os embrulhos, penduro os vestidos. Na próxima semana uso o vermelho, quando fizermos a reunião. Ele prometeu que convidaríamos alguns amigos para inaugurar o apartamento. Há mais de um mês vem prometendo. Vai ver está com medo que ela descubra. Medroso, covardão! Todo cheio de precauções, nunca arrisca nada. Receio de ser visto em público comigo, receio de que alguém fale, receio de que eu telefone para a casa dele. Bolas!

É claro que não dou meu nome; milhões de pessoas telefonam para lá, como é que vão saber que sou eu? Se ele me dissesse onde está e quando volta, eu não precisaria ficar perguntando.

Tomou o suco de laranja, levantou-se, sintonizou melhor a tevê. Pegou, na mesa de cabeceira, uma revista já um tanto amarfanhada. Voltou algumas páginas, encontrou a que procurava.

O chefe de família exemplar. Em suas horas de lazer. Camisa esporte, colarinho aberto, cachimbo displicente. A mulher num *chemisier* impecável, pernas cruzadas, mão direita sobre o joelho; dedos longos, unhas pontudas. Entre os dois a filha. Um garoto em cada braço do sofá. Outras fotos: no jardim, no extenso gramado, junto à piscina, a mulher segurando enorme *collie*. Não entendo porque, com todo esse dinheiro, ela ainda não mandou dar um jeito no nariz. Será que nenhuma amiga tem a franqueza de sugerir? É um absurdo ficar exibindo esse nariz de papagaio. Sorte da filha, que é a cara do pai. Virou mais algumas páginas: modelo mais bem paga do país, disputada por grandes costureiros nacionais e internacionais, retratada por pintores famosos. Releu as legendas. Observou cuidadosamente as fotos. Nesta eu podia ter erguido um pouco mais a cabeça. Teria ficado melhor. Fechou a revista. Sorriu. Nós duas no mesmo exemplar. Só pode ser gozação. Ele não deve ter achado graça nenhuma. Eu até que me diverti. Mas não fiz nenhum comentário, é claro.

Levou a bandeja para a cozinha. Deixou-a sobre a pia. Quando voltou, sua imagem já estava no vídeo: a câmera o focalizava e o apresentador introduzia o programa. Acomodou-se e ficou atenta.

Não quero perder uma palavra. Já conheço uma porção dessas siglas; é preciso a gente mostrar interesse. Sei que ele gosta. Embora diga, sempre que estamos juntos: por favor, vamos mudar de assunto; pelo menos agora quero me desligar dessas preocupações. Mas diz isso da boca para fora. Tenho certeza de que, no fundo, ele fica satisfeito por saber que acompanho seus movimentos, dia a dia.

— *sendo, portanto, necessária a imediata alteração da infraestrutura do processo* —

— *O volume de capital canalizado para essa área possibilitará nova fonte de* —

— *no intuito de beneficiar o usuário, adotaremos medidas que facultarão sua* —

Desviando a atenção do vídeo apenas para se desembaraçar rapidamente de um telefonema, assistiu ao programa do começo ao fim. Desligou a televisão.

Guardou roupas, pendurou vestidos, limpou cinzeiros, trocou de lugar alguns objetos. Verificou se o apartamento estava todo em ordem.

Ao som de "Feelings" e "She", maquilou-se e vestiu-se. Enquanto esperava, para não se impacientar, pegou uma fotonovela.

Era quase uma hora quando ouviu passos e ruído de chave. Fechou a revista.

Sala de espera

Impaciente, olho o relógio pela vigésima ou trigésima vez. Sei lá! Dez minutos e não espero mais. Pensam que não tenho outra coisa a fazer? Vão me deixar aqui mofando a manhã inteira? Levanto-me, ando até a janela, dou uma espiada nos carros parados — fila tripla — e o sinal verde-amarelo-vermelho-amarelo-verde-amarelo-vermelho. Cruzamento engarrafado. Pelo menos estou aqui a salvo de buzinas, posso me sentar e esperar lendo — penso à guisa de consolo, minha irritação ligeiramente diminuída. Hay que tener paciência. Muita. E perseverança. Entro num tipo de autodoutrinação, estilo pensamento positivo, e começo a me cingir de boas vibrações e agradáveis ideias: não sou o repórter obscuro, não sou o autor com livro pronto à procura de editor, não — Paro e recomeço. Sou o repórter fabuloso, o mais credenciado do jornal, o que sempre viaja ao exterior incumbido das grandes coberturas, sou o autor consagrado, traduzido e publicado em vários idiomas, o detentor dos mais importantes prêmios literários, sou — Paro. Antes que ultrapasse os limites. É preciso respeitá-los mesmo em áreas de utopia.

Verifico as horas novamente. Olho, desanimado, para a recepcionista, ocupada com os botões do PBX. E de repente o desânimo se transforma em raiva: tenho ímpetos de sacudi-la pelos ombros e gritar liga esta merda aí pro seu chefe e diz que estou cansado de esperar quem ele pensa que é? o dono do mundo? ou me recebe agora, já, ou —

Contenha-se! Calma. Anule o sujeito perigoso que há em você. (Conferência de general na ESG: o intelectual é um indivíduo perigoso, revoltado e, frequentemente, inconformado com a situação). Abafo qualquer eventual inconformismo ou revolta. Afinal de contas, se possuo um cérebro privilegiado é para que raciocine com lógica. Você não há de querer servir de exemplo vivo — digo para mim mesmo — ilustrando conferências na ESG. V. Ex.ª que me desculpe, mas engana-se. Estou perfeitamente satisfeito com a situação. Nada tenho a reclamar. Não se preocupe: sou um sujeito inofensivo. Respiro fundo. Rente à janela, alargo a vista pelos *outdoors*, escolho um deles e me distraio imaginando três maneiras diversas de apresentar o produto. Nenhuma me satisfaz. A melhor é mesmo a que está ali.

Raiva devidamente aplacada, o sujeito inofensivo afasta-se da janela e retoma seu lugar no sofá em frente à recepcionista. Pego um cigarro, abro a pasta em que trago os originais. Volto lentamente as folhas, à procura de algum erro que me tenha escapado. De quando em quando, ergo o olhar para a recepcionista. Estou tranquilo. Espero.

A décima-primeira. E continuam dizendo que talvez seja a última. Talvez, provavelmente, um pouco mais de paciência. Há anos venho ouvindo isso, antes e depois de cada operação. Desta vez, quase não aguentei trazer a menina. Na véspera fui para a cama, tremenda enxaqueca me martelava as têmporas. Imersa em quarto escuro, fechei os olhos. Fugi. E insensatas ideias se avolumavam em minha cabeça latejante: não vou permitir mais nenhum tratamento, cauterização, operação, ou o que quer que seja. Ponho um fim em tudo isso. Que os papilomas cresçam, abafem as cordas vocais, fechem a garganta, explodam boca e nariz afora. Basta. Deixem a menina em paz.

Corri para o banheiro. Com grande esforço, vomitei uma gosma esbranquiçada, meu estômago vazio nada mais tinha a devolver. Escovei os dentes, lavei o rosto. Cabeça ainda tonta e dolorida, mas me sentindo um pouco melhor, passei a escova no cabelo e saí do quarto.

A menina ergueu os olhos do trabalho escolar e me encarou: — Vamos muito cedo? Pra que horas ele marcou? — a voz rouca, quase inaudível. Ficava sempre assim nas proximidades da operação.

Desviei o olhar. Disfarcei. Debrucei-me sobre a escrivaninha, a cartolina branca, os minúsculos pontos escuros. Firmei os olhos: — Não se esqueceu de nenhuma cidade importante?

— Acho que não. Mas ainda não terminei. Pra que horas ele marcou?

Chegamos às oito. Às 9h ela estava entrando na sala de cirurgia.

Interrompo uma enfermeira que passa apressada: — Ainda vai demorar? Por favor, quanto tempo ainda?

Não sabe. Está sendo chamada com urgência. Segue em frente. E me deixa parada, os lábios entreabertos, os olhos acompanhando seus rápidos sapatos de tênis.

Refaço o longo corredor. Volto para a saleta. Ainda há lugar, felizmente.

Se ao menos ele já estivesse aqui, eu me sentiria mais segura. Ele me diz respire fundo, assim, calma, tudo vai dar certo, e depois de algum tempo sinto que as batidas de meu coração vão se tornando mais regulares, já não suo tanto, as coisas começam a clarear. Penso com convicção: desta vez é a última. E isto me ajuda. Descarto, momentaneamente, memória de corredores, brancos aventais, maca, cheiro de desinfetante. Sua mão em meu braço, sua voz firme. Abro os olhos: ele não chegou. Mas logo virá, tenho certeza. Não é possível que ainda não tenha sido recebido. Bem que insistiu em desmarcar o compromisso. Não deixei. Não seria justo. Há dias vinha aguardando ansioso esse encontro com o editor. Posso me aguentar sozinha. Já não estive aqui tantas outras vezes? Verdade que minha resistência já não é a mesma: entrego-me à apatia ou me debato num mundo sem perspectiva. Quem em minha situação não o faria?

Um zumbido, carregado de doenças que não quero escutar, bate insistente em meus ouvidos. Levanto-me e me debruço à janela, minha atenção concentrada em outros ruídos, nos carros que chegam e sobem vagarosamente a rampa.

Desceu apressado do táxi, atravessou o vestíbulo e, aflito como estava, preferiu subir a pé ao 2º andar. A mulher, que da janela o vira chegar, veio a seu encontro, uma expressão de profundo cansaço e desalento em seus passos. Encararam-se, e caminharam para a saleta. Já não havia lugar. Ficaram em pé, junto à entrada, ela apoiando as costas à parede, ele de olhos fixos no corredor à espera de quem lhes trouxesse alguma notícia.

Katmandu

*À memória de Fábio Montenegro, autor de
relevante trabalho sobre a alfabetização no país.*

> *Ah, Katmandu Katmandu, quem te ignorava
> que não mais te ignore.*
> Krisha (Nepal, 1971)

Gap foi a palavra. Outra não me serviu. Abertura fenda brecha diferença hiato lacuna. Nenhuma me satisfez. Era *gap* mesmo.

— Você é muito fresca com essa sua mania de usar palavras estrangeiras. Nosso idioma é riquíssimo, haja vista a palavra "saudade" (desculpe o exemplo tão óbvio) que não se traduz.

— Mas nenhuma traduz *generation gap*. — O meu eu irritadiço e desarrazoado recusou-se de imediato a entrar nessa de riqueza vocabular, equivalências, expressões substitutivas e outras que tais. O eu mais sensato ainda tentou argumentar. Dei-lhe um golpe rápido e traiçoeiro: ele amoitou.

Solto, e sem ter quem lhe contra argumentasse, o outro, o desarrazoado, insistiu na *generation gap*. E sua irritação desenvolveu-se em elucubrações infindáveis: causas, teorias, estatísticas, pesquisas, efeitos na vida cotidiana, o difícil relacionamento, os exemplos à mão. E por aí afora. Foi se desamarrando. Antes que se soltasse de todo, dei-lhe um puxão com firmeza. Voltamos à base e, momentaneamente, nos equilibramos.

Minha irritação não é visível a olho nu ou em primeira instância. Grande prática em disfarces, eu tenho. Trata-se de uma simuladora, concordamos. O autocontrole, esticado às raias da exacerbação, ao observador mais arguto deixa apenas entrever leve rigidez muscular. A máscara moldou-se gradualmente ao comando oral. Dócil, dispensei chicote ou ferro em brasa. E não recusei o pequeno torrão de açúcar. Sou da geração prensada. A que cresceu no fundo do quintal — perdão, retifico, muitas vezes fui chamada à sala de visitas para receber o já mencionado torrão. Mais tarde, voluntariamente me retirei do *living*: o baseado revira-me o estômago. E ainda não aprendi a viver em comunidade.

— Deficiência e azar seus — não tem mesmo complacência esse eu que se presume sensato e analítico. Está sempre me pegando no pé, desculpe, na cabeça. — E ainda por cima ingrata. Se esquece (ou finge) que foi com eles que aprendeu a curtir sua comidinha natural, sua ioga, seus *jeans*, sapatilhas, rosto lavado, incenso e outras coisinhas. Demorou, mas chegou lá. E a música, então?

— Ah, seja justo. À música acompanhei *pari passu*.

— Não me venha com essa. Você continua curtindo as mesmas. Isso que você ouve, para eles já é memória. Arquivo, saudosismo. Estão noutra há muito tempo. E o que me diz da sua reforma de base, ein? Admita que se conseguiu se descartar, em uns 30%, de suas máscaras, sua rotulagem a priori, seus pequenos remorsos cotidianos, deve a eles. Vamos, admita.

Calada, eu procurava uma das técnicas aleatórias de assuntos desagradáveis, em que sou mestra. Trata-se de um desvio sub-reptício, rápido e eficiente. Mas não houve tempo. Enquanto eu hesitava entre as três que reputo as melhores, ele seguiu me encurralando.

— Como foi que você se desobrigou (sem aquele remorsinho incômodo) de ir a todos os aniversários, casamentos e morte do clã? Ein? Ainda vai a todas as bodas de prata ou de papel?

— Chega. Você tem raz...

Disposta a entregar os pontos e ele nem me deixou concluir.

— Tenho razão sim. Lembra-se do último casamento (o do sobrinho nº 3), a grande reunião degluto-festiva do clã? Você chegou a se vestir inteira: a máscara impecável, os metais reluzindo, a seda escorrendo suave. E a pelica rangia à medida em que você se equilibrava nos saltos de 7 centímetros. Pronta para sair. Quando foi dar uma última olhadela no espelho, se lembra? e viu de perto aqueles cílios pesados de rímel, a sombra azulada nas pálpebras, você não aguentou. Hoje não danço nesta tribo, você disse, eu faço a minha tribo e só danço quando quiser. Arrancou tudo: máscara, roupas, sapatos, coleira dourada, os pequenos aros reluzentes. Tudo. De rosto lavado, flutuando na túnica solta, foi preparar o seu chá (aquelas misturinhas que você gosta de fazer, variando as ervas). Desencavou de uma pilha de discos, em homenagem aos noivos, a *Marcha Nupcial* de Wagner e ficou sentada, tranquila, ouvindo a música e saboreando o seu chazinho. Está lembrada?

— Estou. Chega. Pode erguer o troféu. Mas, por favor, agora chega.

— Apenas uma última sugestão: *playback*. Vamos voltar ao momento em que você abriu a porta.

Voltamos.

Cigarro e incenso. Quando abri a porta, a fumaça bateu espessa em meu rosto. Foi se esgarçando à medida em que, parada na soleira, narinas ardidas e olhos lacrimejantes, eu tentava identificar contornos. À luz fraca de um único foco, pernas, almofadas, braços e copos foram se criando. Oi, eu disse. Oi, eles responderam. Firmei a vista e entrei. No segundo passo (quando pulava uma perna) esbarrei num copo: o líquido se espalhou em meu pé, na almofada e no chão. Cerveja. Dedos grudentos e a irritação saltando bruscamente de um 2º estágio para o 10º, peguei um lenço. Merda. Que esse filho da puta pusesse o copo no chão tudo bem, mas tinha que deixar logo na entrada? Enquanto tirava a sandália e enxugava o pé, como medida preliminar para desaquecer a raiva, me concentrei na música. Milton. Pé descalço e outro calçado andei até o banheiro, atenção firme em *Maria Maria*. Na rápida passagem pelo quarto, nem a voz do Milton conseguiu desviar meus olhos da cama: um caos. Ah, por que não voltei na segunda-feira como havia planejado? Não tinha nada que antecipar a volta, só por causa de uma reles chuvinha. Ficasse lendo, ouvindo música. Olhando o mar pela janela. E me chatearia menos.

Um banho de chuveiro, prolongado, limpa meu corpo da cerveja e do cansaço. Detergente contra o mau humor? Enrolada na toalha, à espera de um efeito talvez retardado, fico me entretendo em criar *jingles* tipo lave-se com sabonete *Hilariante* e sorria em qualquer circunstância ou Só a ducha *Sorrisão* produz o jato que lava a sua chateação. E por aí afora.

Cabeça agora trabalhando num outdoor anti-irritação de rápida eficácia (a fórmula do produto peço depois ao apresentador risadinha) ouço duas batidas leves e meu nome. Enfio um roupão e abro a porta, não muito, o suficiente para dar de cara com um braço estendido, a mão segurando uma xícara. Sem pires.

— Fiz um chá pra você. Posso entrar? Não pus açúcar mas se você quiser vou buscar.

Me entregou a xícara, foi entrando. Passou pela cadeira — a mala aberta em cima — pela banqueta da penteadeira, sentou-se na cama. Em meio a um bolo de cobertas e lençóis amarfanhados.

— Fez boa viagem? A gente não sabia que você ia voltar hoje.

Não era um tom de desculpa, constatação apenas. Os olhos claros firmes nos meus, fisionomia tranquila. Barba à la Cristo, rosto alongado idem. Cabelos um pouco mais curtos. Tomei um gole de chá e resolvi me sentar na banqueta da penteadeira. Continuei bebendo, devagarinho, o líquido quente descendo gostoso por minha garganta ressecada.

— Não se preocupe com a pia da cozinha. Depois a gente lava a louça. Resolvemos fazer uma comidinha, estava todo mundo com preguiça de sair. Krisha cozinha muito bem. Morou um ano em Katmandu com uma família de camponeses. Eles saiam para a lavoura, ela cuidava da casa e da comida.

Fui tomando o chá e tomando conhecimento dos dotes culinários de Krisha e de suas andanças pelo Nepal. Ah, Katmandu Katmandu, quem te ignorava que não mais te ignore.

— Vou buscar mais um pouco — pegou a xícara vazia que eu tinha colocado sobre a penteadeira. — Sem açúcar. Já vi que você gostou. O açúcar estraga o sabor do chá. Volto logo.

Pensando nas montanhas do Nepal, aproveitei para acabar de enxugar o cabelo, a essa altura quase seco. Quando ele voltou, trazendo a xícara e um violão, desliguei o secador.

— Quero que você ouça esta música. Fiz ontem à noite. Krisha já estava quase dormindo. Ela só consegue dormir ouvindo música.

Põe a minha mala no chão, senta-se na cadeira.

— Aqui está bem. Assim posso tocar melhor.

Os acordes se encadeiam, límpidos. E a letra fala de grão, semeadura, amor e ciclos de morte e vida. Em espaços rurais e telúricos as imagens se cruzam, fundem-se: uma opção de vida.

Corcéis retesados as cordas empinam, e meus olhos se prendem a esse cavalgar seguro. Som de vento e sussurro de crina, as cobertas da cama movem-se em ondulações coloridas. O risco azul da manta, agora estreito rio fendendo a terra. Cavalgo vales e promontórios, desço à planície e me sento à beira do rio.

Ele continua tocando. Já não fala em semente e semeadura. Apenas toca. Acompanho o movimento de seus dedos, desço os olhos por seus *jeans* puídos, as sandálias gastas. Ergo a vista: os olhos azuis me encaram com limpidez e alegria, a cabeça oscila levemente ao ritmo da música.

Na cama as cobertas amarfanhadas, no chão a mala por desfazer, roupas espalhadas, cinzeiros repletos e copos sobre a penteadeira. Vou registrando, com tranquilidade, a desintegração do meu espaço organizado, e acho que esse pequeno caos não tem a menor importância.

Amanhã ponho as coisas em seus devidos lugares, dou ordem em tudo, e a vida retoma seu curso. Isto é, retomo o meu curso.

A herança

Era de uma textura mole, escorregadia. As mãos em concha, os dedos apertados, consegui segurá-la. Com imenso cuidado coloquei-a dentro do cofre. A massa ainda sangrava. Pelas frinchas desciam filetes que se espalhavam em pequenas poças. Apanhei rápido uma toalha e envolvi o cofre. Inclinei-o para que o sangue se escoasse todo, e esperei. Quando só restava a massa, ainda um tanto rósea, mas já não mais boiando em sangue, tranquei o cofre. Enxuguei com outra toalha e passei uma flanela. Na terceira gaveta da cômoda, no fundo, embaixo de algumas roupas, guardei o cofre. Comecei então a limpeza do quarto. O sangue havia se entranhado nas fendas e o trabalho de esfregar foi árduo e longo. Terminei exausto. Depois foi a vez de minhas mãos: ficaram feridas tanto as esfreguei. Me deitei, fechei os olhos, e quando dei acordo estava de novo com a massa nas mãos, recomeçando a guardá-la, recomeçando tudo. Era de uma textura mole, escorregadia. As mãos em concha, os dedos...

— Isso você já me contou. Agora gostaria que relatasse como realmente aconteceu.

— Ele me disse: conto com você. Não posso entregar este serviço a qualquer um, há traidores por toda a parte, já não sei até onde vai a lealdade dos nossos e eles se infiltram por tudo, sabotam o que fazemos, deturpam o que dizemos, são uns filhos da puta, uns marginais, merecem mesmo é pancada e bala. Preciso de você. Sim, eu disse, estou pronto.

Descemos. Quando ele abriu a porta, recuei. Devo também ter mudado de cor, porque ele me encarou o olhar duro, e falou: deu pra cagão agora, seu maricas? Me recompus e entramos. Uma golfada azeda subiu até a minha garganta. Engoli. Antes que ele me chamasse de cagão outra vez. Eu era um homem frio, estava acostumado, via coisas todos os dias. E tomava parte, é claro. Não que gostasse. Eu não sentia prazer naquilo, como muitos. Era o meu trabalho. Hoje que sou um homem de ideias, que raciocino com lucidez e isenção, hoje eu sei.

— Homem de ideias?

— É isso mesmo. O que você acha que eu fiz nesses dez anos, desde que vim para cá? Passei dias e noites lendo e estudando. Tive que aprender muito antes de conseguir entender os livros do Professor. Naquela época, eu pensava pouco e me expressava mal. Hoje raciocino com lucidez e me expresso com facilidade. É só questão de me organizar mentalmente, de ordenar as ideias. Se ainda me perco, de vez em quando, é por causa do cofre.

— Do cofre?

— É, mas disso falamos depois. Eu dizia que hoje sei que não importa de que lado eu estivesse, teria que aceitar as regras do jogo e cumprir ordens. Quando a gente mergulha num trabalho tem que ir até o fundo. Voltando àquele dia, ou melhor, quer que eu retroceda um pouco e tente começar uma ou duas semanas antes?

— Você é quem sabe. Não quero interferir na organização das suas ideias.

Imediatamente me arrependi da última frase. Ele me olhou desconfiado, esquivo. Procurei corrigir logo: — Tenho uma porção de perguntas, mas acho melhor você ir falando à vontade, à medida em que as lembranças vêm vindo. Você é quem sabe quando e o que vale a pena contar.

Ele ainda estava desconfiado. Agora era preciso muita cautela. Qualquer indício de ironia que eu deixasse escapar, tinha a certeza, estragaria o meu trabalho. Onde é que eu estava a com a cabeça, meu Deus? Burrice injustificável, depois de tanta espera, tanto empenho para convencê-lo a me receber.

Tentei nova abordagem: — Seu depoimento é muito importante. É história. As pessoas querem saber como os fatos realmente ocorreram. Você pode nos ajudar. Esteve por dentro de tudo. Dez anos já dão um certo distanciamento, alguma perspectiva. Estamos recolhendo depoimentos das pessoas principais. Você é uma delas.

Puxou a cadeira um pouco para a frente e me encarou firme. De perto. Enfrentei o olhar e esperei. Esferográfica largada sobre o bloco, ofereci-lhe um cigarro e peguei outro para mim. Fumamos.

— Bem — ele prosseguiu, só depois de ter fumado o cigarro inteiro — a situação andava tensa naqueles últimos meses, o descontentamento pipocando por todos os lados, os intelectuais indóceis, pondo as mangas de fora, querendo isso e aquilo. E o Chefe uma fera, perdendo as estribeiras. Quem pagava eram eles, é claro. Mas com o Professor só aconteceu mais tarde, quase no fim. Até hoje não consigo entender porque foi poupado durante tanto tempo. Isto é, poupado é maneira de dizer, porque com ele o Chefe usava esquemas diferentes. Ninguém encostava a mão no Professor, tudo era na base do interrogatório e da humilhação.

— Moral. O Professor tinha uma compostura que irritava o Chefe. Ele queria que o Professor se ajoelhasse, urinasse nas calças, tremesse como qualquer um. Havia sujeitos que mal viam o Chefe entrar, já começavam a se desmontar. O Professor não. Tinha qualquer coisa que o segurava por dentro; ele encarava o Chefe de frente com os olhos escurecidos pelas olheiras fundas. Só falava quando perguntado. O Chefe então arquitetava planos: vou desestruturar esse filho da puta, ele dizia, se esse professorzinho de merda pensa que vai continuar em pé me olhando desse jeito está redondamente enganado, a qualquer hora ele se esfarela. Vai ser uma implosão fantástica (o Chefe tinha assistido à implosão de um edifício e ficara empolgado, nessa semana era a terceira vez que se utilizava da imagem). É isso mesmo, o professorzinho não perde por esperar. Só se referia ao Professor como o professorzinho, professorzinho de merda, bostinha pensante. Algumas vezes eu tinha a impressão de que o Chefe passava a noite tramando, urdindo coisas, porque assim que chegava descia para falar com o Professor. Venha comigo, ele dizia, vamos ver como é que o professorzinho se comporta hoje. E então mal entrávamos

Parou e virou a cabeça para a direita. Uma servente, material de limpeza em punho, passou pela varanda e entrou no saguão. Ele se voltou para mim, olhos assustados e fisionomia apreensiva. Falou baixo:

— Me dá licença um instante. Preciso ir verificar o cofre. Não me demoro.

Antes que eu tivesse tempo de abrir a boca, levantou-se e saiu apressado. Atravessou a varanda quase correndo (estávamos numa das extremidades) entrou no vestíbulo. Será que ele volta logo? ou será que nem volta? cogitei já com certo pessimismo. Pensei em ir revendo minhas anotações, mas achei melhor deixar isso para depois. Resolvi esticar as pernas. Me levantei, saí da varanda e comecei a andar pelo jardim. Sem perder de vista a porta por onde ele entrara.

Realmente a demora não foi longa, uns quinze minutos talvez. Retomamos nosso lugar no canto do terraço. Esperei.

— Me desculpe — falou em tom ainda baixo. Deu uma espiada para os lados, puxou a cadeira para mais perto e olhou para mim. — Todo o cuidado é pouco. Viu aquela moça que passou com um balde e pano de limpeza? Sempre que pode arranja um pretexto para entrar em meu quarto. Outro dia quando abri a porta, ela estava ao lado da cômoda. É por isso que nunca saio daqui. Não posso me descuidar do cofre. Se eu pudesse deixar a porta trancada, ficaria mais tranquilo. Mas não posso.

Seus olhos se turvaram, a fisionomia adquiriu um aspecto de desalento e ele imergiu num mutismo que achei conveniente respeitar.

Dessa vez quem me ofereceu cigarro foi ele. Fumamos.

— Me lembrei de uma coisa — falou de repente, quando eu já estava pensando que não ia conseguir mais nada. — Há uns dois ou três anos a filha veio me procurar. Não costumo receber visitas e detesto estranhos, mas com a filha do Professor era diferente. Eu queria e ao mesmo tempo não queria conhecer a moça: tinha medo. Magra como o pai, a mesma cor de olhos, o mesmo jeito de encarar a gente. Tudo sobre aqueles últimos meses, foi o que me pediu. Era muito menina quando aquilo aconteceu. Agora precisava saber. Não me olhou com raiva, não fez nenhuma acusação. Só perguntas, muitas perguntas. Ela foi a única pessoa, até hoje, para quem mostrei o cofre.

— E você contou tudo?

— Eu podia? Acha que eu podia? — irritado e em tom mais alto. — Como é que eu ia contar certas coisas justo para a filha dele? Sabe — baixou de novo a voz — eu olhava para ela e via o

Professor (aqueles olhos afundados nas olheiras, o queixo afilado, os ossos cada vez mais se exibindo) e a moça ali perguntando, falando, quero saber preciso saber não tenha receio, estou pronta para ouvir tudo. Eu não consegui até que não aguentei mais. Tentava disfarçar, virava a cabeça, fingia que estava olhando para outro lado. Se me vissem naquele estado, me levariam dali, e eu não queria que isso acontecesse. Então a única coisa que me ocorreu e que consegui dizer foi: venha ver o cofre.

Fez uma pausa. Parecia exausto. Fixou os olhos úmidos num ponto distante do gramado. Quieto, respirando fundo. Achei melhor também ficar calado, e esperar. Depois de um tempo que julguei demasiado longo, ele falou:

— Ela não me deixou abrir o cofre, foi firme: não faça isso, não quero. O cofre em cima da cômoda, nós dois ali, olhando. Recomecei a chorar. Não se aflija, ela me disse, já vou. E andou em direção à porta. Segurei a moça pelo braço: por favor, não diga que fiquei assim, vão me encher de remédios, não preciso mais disso. Ela foi tirando o braço, devagar, virou-se e me olhou de frente: está bem, fique tranquilo. Adeus. Depois que ela saiu, continuei no quarto até a hora em que me chamaram para jantar. Comi pouquíssimo. E não aceitei convite para jogo, nem quis ficar me distraindo com qualquer programa de tevê. Estou cansado e com sono, falei. Mas sono é que eu não tinha de jeito nenhum. Passei uma noite terrível. Sentado na cama, minha cabeça e a parede fundiam-se numa tela que me exibia imagem sobre imagem. Eu estava agitado demais. Fazia muito tempo que não me sentia assim.

— A visita da moça com certeza prov

Ele atalhou rápido, seguro: — Claro. Que mais podia ser? — e logo prosseguiu: — A moça, o Professor e o Chefe saltavam da minha mente para a parede, da porta para um canto do armário, a cada momento mudavam de lugar. E os acontecimentos voltando, massacrando minha cabeça com terrível dor. Olhos ardidos, eu reconstituía cenas: vá buscar a que trouxemos ontem, o Chefe mandou, garanto que o professorzinho vai gostar. E traga também uns três ou quatro livros dele. Quando cheguei com Camila (era assim que ela se chamava, me lembro bem porque sempre gostei deste nome, se eu tivesse uma filha seria Camila), o Chefe já estava lá com mais dois. Luzes acesas, os focos preparados, tudo pronto. O rosto do Professor de pálido-amarelado passou a verde, sua pálpebra direita começou a tremer em pequenos espasmos. (Mais tarde eu soube que Camila era a aluna admirada, a predileta, aquela em quem um mestre joga tudo). Tiveram que arrancar as páginas dos livros e ir espalhando pelo assoalho até formar uma espécie de colchão, bem no centro. O Chefe mandou que os dois se despissem. Comandava as posições e ia dizendo: anda logo seu frescote de merda ou quer que meus homens façam o serviço? Os dois corpos no chão sobre as folhas, focos em cima, nós ali à volta. Dessa vez o Chefe desestruturou mesmo o professorzinho, como ele dizia. Foi a primeira crise. Daí em diante os nervos do Professor se arrebentaram com uma rapidez incrível.

Tomou fôlego. Andou até a amurada do terraço e ficou olhando para fora, o olhar um tanto vago. Depois de algum tempo voltou e retomou o assunto.

— Como eu disse, foi uma noite infame. Aquelas pessoas a noite inteira no meu quarto. Na parede, na janela, no armário. Eu me levantava, elas iam atrás. Houve um momento em que me vi no chão, no lugar do Professor, rolando, embolado em outro corpo. Camila me segurava, me prendia pelos pulsos com uma força espantosa. Eu me debatia, lutava. O rosto dela, bem junto ao meu, foi se transformando numa fisionomia séria e vigilante e uns braços pesados me imobilizaram ao chão. A última coisa que vi foi um sapato branco a um palmo do meu nariz. Não sei qual a dosagem, nem quanto tempo dormi. Só sei que depois passei dias e dias sonolento, o raciocínio embotado. Não foi fácil, mas me recuperei.

Pediu um cigarro (os dele tinham acabado) e ficou fumando, a cabeça um tanto inclinada, os olhos fixos no chão. Minutos depois, voltou-se para mim:

— Preciso ir ver o cofre. E já está quase na hora do jantar. Falei muito, estou cansado.

— Você me ajudou bastante, foi ótimo — eu disse rápido, antes que ele se levantasse. — Mas se pudesse me dar apenas mais cinco ou dez minutos, seria um favor. Gostaria que ainda me falasse sobre aquele dia.

— Detesto falar sobre esse assunto. É doloroso. Me perturba muito.

— Eu sei e peço desculpas, mas você é a única pessoa que pode dar uma versão exata dos fatos.

Ele continuou sentado, o que já considerei uma vitória. Não perdi tempo e prossegui:

— Não estou querendo forçar, mas tente encarar como uma espécie de obrigação. Só você pode esclarecer certos fatos.

Quieto, o olhar parado em meu bloco de anotações, ele demorou a se decidir: — Bem. Vou tentar.

Esperei.

— Naquele dia, depois que descemos e o Chefe percebeu como fiquei abalado e me chamou de cagão, ele me perguntou: acha que pode fazer o serviço sozinho? Claro, eu respondi, estou pronto. Creio que a cor já tinha voltado ao meu rosto, mas o gosto azedo continuava. Fui engolindo uma saliva grossa que teimava em me encher a boca. O Chefe então disse: quando a sala estiver limpa, o corpo encaixotado, tudo pronto, você me avisa. Não se preocupe com o resto, as outras providências eu mesmo tomarei. Antes de sair, o Chefe parou junto à porta e falou: não consegui conter meus homens, não precisavam chegar a tanto. Não sei porque ele me disse isso, não costumava me dar explicações. Entendo, eu respondi, para dizer alguma coisa. Quando ele saiu, tranquei a porta, me encostei na parede e fui olhando aos poucos, devagar, o corpo enrodilhado no chão, pernas e braços encolhidos, a carne terrosa, roxa. Sujeira e sangue. No corpo, no chão, por tudo. Fiquei parado sem saber como começar. Não conseguia tirar os olhos da cabeça arrebentada que os dois braços ainda seguravam. Saí e subi para respirar. Mas não fiquei muito tempo lá fora. Se eu tinha que fazer o serviço, era melhor fazer logo. Fui pensando no que ia precisar, peguei baldes, escovas, panos, todo um arsenal de limpeza. Carreguei para baixo. Por último levei o caixão, um pequeno caixão de alumínio. O corpo do Professor pouco espaço ocuparia. Peguei pelas pernas e arrastei o corpo para um lugar menos sujo. Uma gosma desceu pelo canto esquerdo dos lábios e escorreu para o pescoço. No crânio a fenda era profunda e eu precisava trabalhar com cuidado para que a pasta úmida não escorregasse para o chão. Foi quando me veio a ideia do cofre. Tranquei rápido a porta e subi em busca de um. Levei o cofre para baixo, e só então comecei realmente a limpeza e a separação. A massa ficaria comigo. Era de uma textura mole, escorregadia, as mãos em concha, os dedos apertados.

— Isso você já me contou — interrompi. — Quando você terminou e avisou o Chefe, para onde ele mandou levar o caixão?

— A massa ainda sangrava. Pelas frinchas desciam filetes que se espalhavam.
— Já sei. Você já me falou sobre isso — interrompi de novo. — Quero saber o que aconteceu depois. Depois que você terminou o serviço.
— Inclinei o cofre para que o sangue se escoasse todo, e esperei. Quando só restava a massa.
Tentei ainda algumas vezes, mas já não consegui mais nada. A voz monocórdia repetia-se, girando em meus ouvidos. E não parou nem mesmo quando desisti, me levantei, e me despedi. Fui caminhando pelo terraço, a voz atrás:
— No fundo, embaixo de algumas roupas, guardei o cofre. O sangue havia entrado nas fendas e o trabalho de esfregar.
Já na saída, olhei para trás. Tive a impressão de que seus lábios ainda moviam.

Fundo de gaveta

Agora qualquer besteira que eu escreva passa a ser genial. Menos para o veadinho, é claro; muito atilado, não embarca em qualquer canoa. Por isso eu o respeito. Ele é forrado de erudição. E quando a nata pensa que descobre alguém e esse alguém vira moda, ele já leu tudo desse fulano há pelo menos cinco ou seis anos. Vargas Llosa, por exemplo. Quando ninguém falava a seu respeito e a literatura latino-americana jazia sepulta em la mas negra ignorância, o veadinho conhecia "La Casa Verde" tão bem quanto ou melhor que o próprio autor. Um parênteses para que não subsista nenhum equívoco: falo veadinho com a maior ternura. Para começo de conversa, não tenho preconceito algum contra veados; muito pelo contrário, sempre me dei bem com eles. E quando topo com um de cérebro assim privilegiado fico exultante. Minha admiração não tem limites. Além do mais, se cheguei onde estou agora, devo a V.V. (é como se assina). Não seria justa se dissesse que foi ele quem me descobriu, mas a bem da verdade devo dizer que seu artigo foi minha plataforma de lançamento: varei o espaço subdesenvolvido e fui pousar suavemente lançamento em território alienígena; com incursões ulteriores por capitais as mais diversas. Houve época em que senti por V.V. uma gratidão delirante. Tudo que eu fizesse me parecia insuficiente como demonstração de reconhecimento. Eu queria fazer mais, muito mais, e então ficava imaginando coisas e situações: eu, de joelhos, durante horas, segurando imenso tratado de 945 páginas para que V.V. pudesse ler sem se cansar; eu, batendo a máquina, noites e noites sem parar, quebrando unhas e ferindo dedos, para que V.V. não perdesse tempo em datilografar seus trabalhos. Mas isso foi uma fase. Passou. É espantoso como a gente muda com o decorrer do tempo e ao sabor das circunstâncias. Hoje não só não sinto a menor gratidão como chego muitas vezes a ter raiva de V.V. Quando passo dias, semanas, sem um momento de tranquilidade; quando sou obrigada a me deslocar de um lugar para outro e a conhecer gente, que pergunta e pergunta e continua perguntando, por mais monossilábica que eu possa ser. Nessas ocasiões sinto raiva de V.V. É ele o responsável por minha fama. E não meu editor; que se beneficia dela, é claro, e tolo seria se não o fizesse. Sou agora seu prato forte, sua *pièce de résistence*, sua viga mestra.

Inúmeras vezes me tenho perguntado: por que, como tantos outros, não fui esquartejada e lançada à malta faminta? Só encontro o acaso como resposta. Embora forrado de erudição, repito, e escudado em vasta bibliografia referencial, V.V. é imprevisível. Nunca se sabe quem — e porque — irá cair em suas graças. Dá razões, é claro; mostra por a + b, transcreve trechos, analisa, exemplifica, esquadrinha, vira a obra do avesso. Faz misérias. Mas, essas mesmas razões aplicadas a obras de igual valor (ou que assim nos parecem, a nós os desavisados) produzem resultado diverso. Releio, vez ou outra, recortes da pilha que acumulei quando V.V. ainda era meu ídolo. Não perdia um artigo seu. Cheguei mesmo a pregar alguns nas paredes de meu quarto, formando desenhos, como fazem as jovens com retratos de seus ídolos de cinema ou tevê.

Hora marcada, compromisso inadiável, guardo apressadamente o caderno.

Pensamento ainda em V.V., entro no carro e saio. Para a última entrevista, creio. Tenho dados de sobra. É só escolher e preparar a matéria.

Quanto a meu editor, como já disse, sou agora seu prato forte, sua *pièce de résistence,* sua viga mestra. Entrou no jogo sem maiores compromissos, mais assim na base de achar a coisa pitoresca, um tanto divertida talvez. Sei que a princípio nem por um instante lhe passou pela cabeça a ideia de me levar a sério. O que o intrigava era o fato de que uma moça bem-nascida, bem-educada, bem estruturada (comprimida num cerco de uns noventa e tantos itens constritores), conseguisse escrever histórias de beira de cais, com cenário, cor local, personagens, falas, situações, enfim, tudo o que se poderia esperar de qualquer escritor. Menos dessa. Mal sabia ele, e provavelmente não sabe até hoje, que para ser escritor é preciso sujar as mãos, como diz um amigo meu. Enfiei as minhas no lodo até o fundo, desde o começo. Revolvi miasmas e detritos. E a sociedade rósea a que pertenço (ou pertenci, não sei) me olhou com inquietação e espanto. Exagero ao dizer inquietação; curiosidade seria o termo mais adequado. A sociedade rósea jamais se inquieta. Nesse burgo inculto, onde as preocupações primordiais eram o carteado e as vultosas negociatas no mercado cafeeiro, onde três ou quatro intelectuais davam murros em ponta de faca, meu primeiro livro surgiu como uma excrescência. E assim teria permanecido, não fora o artigo consagrador de V.V. Outros vieram, mas o de V.V. puxou a fila. Meu editor exultou; e no ano seguinte, ao manusear as primeiras traduções publicadas, me disse:

— Eu sabia que seu livro seria editado no exterior. Sempre acreditei em sua literatura — sério, sem a menor ponta de ironia.

— É claro que você sabia — meu tom de voz idêntico ao dele, ou tão parecido quanto consegui.

Interrompo novamente a leitura. Tenho urgência em terminar a matéria para a revista e, em vez de trabalhar, gasto tempo com este caderno. Situação do mercado editorial. Publicações, editores, autores. Ecdótica (problemas referentes a). Levantamento amplo e detalhado, foi o que me encomendaram. Entrevistei: escritores — do jovem inédito ao congelado medalhão; editores — do falido ao próspero açambarcador de *best-sellers*; críticos — do tímido cordial ao demolidor contumaz; capistas, planejadores, gráficos. Dados em mãos, falta-me apenas digerir e ordenar a matéria. Mas volto ao caderno.

E desde então fui envolvida num crescendo ficcional sem pausas. Meu editor exigindo sempre, nossos diálogos nessa base:

— Quando você entrega?

— No próximo mês.

E no mês seguinte: — Já está pronto?

— Ainda não.

— Falta muito?

— Não sei.

Às vezes perco a paciência: — Se você continuar me pressionando deste jeito, não entrego nem daqui a um ano.

E ele me deixa em paz por uns quinze ou vinte dias. Nos fins de semana, quase sempre, desce para o litoral, me apanha em casa na manhã de sábado. — Vamos para outras plagas — ele me diz e acelera o BMV rumo ao Guarujá. Gosta de dar a impressão de que temos um caso. Não me importo: isto nada me acrescenta, nada me tira. Andamos pela praia, parando de quando em quando em alguma barraca, para descanso e bebidinhas. Faz questão de me mostrar a seus amigos. Cabelos longos, bigode farto, imenso medalhão de prata balançando e reluzindo à medida em que caminha...

— Telefone para você. É da editora.

— Diga que estou ocupada, por favor.

Estou terminando a reportagem. Ligo para lá daqui a pouco.

À medida em que caminha, quer saber minha opinião a respeito de tudo, principalmente quando chego de viagem:

— Você viu o filme desse novo diretor? E que tal a encenação daquela peça? Compro os direitos de publicação do último livro dele ou você acha que esse escritor já não vende?

Se vamos a uma reunião não consigo conversar durante muito tempo com qualquer pessoa que eventualmente me interesse. Trazendo fulano ou sicrano para me apresentar, ele está sempre a meu lado, absorvente, dono.

Cogitações dessa ordem, pensamento em *boomerang* (editor/ V.V.), paro a leitura. Me concentro na reportagem.

Telefono para a revista, digo que a matéria está quase pronta, peço que aguardem um pouco mais; uns últimos retoques e entrego.

Fecho o caderno, guardo-o onde estava. No fundo da gaveta. (De onde não deve sair — antecipo-me a V.V.)

Escanteio

    Andou a esmo pela casa. Sentia-se completamente deslocada nesse dia. Nem mesmo em seu quarto conseguira permanecer. Risadas e gritos atravessavam as paredes e a porta, foguetes pareciam escolher o teto de seu quarto para estourar. Saiu pela porta dos fundos, fez a volta pelo jardim e deu uma espiada na rua: deserta. Nenhum eventual responsável pelo foguetório. De onde viriam os malfadados rojões? Essa mania do brasileiro de tudo comemorar arrebentando os tímpanos. Por que somos um povo tão ruidoso? Não era à toa que ouvira perguntas irritantes quando estudou na França. *Est-ce vrai que la-bas on ne peut pas dormir au mois de Juin?* (Aquele *la-bas* mexia-me com os nervos. Dois anos explicando meu país a meninas totalmente infensas a qualquer geografia que não fosse a própria.) Não era verdade, não. Podia-se muito bem dormir. O barulho não era tanto assim. Ou talvez por ser mais moça eu não me incomodasse... Mas que os fogos eram mais cintilantes e menos ruidosos, disso tenho certeza. A rodinha presa ao cabo da vassoura se desfazia em luzes coloridas, o movimento rápido emitindo um silvo rouco. Que não feria os ouvidos de ninguém. Agora só explosões, tudo comemorado a bombas. O protesto, a euforia. Nem bem o gol se arma, e o mundo parece desabar em ruído e fumaça. E o absurdo dessas torcidas fanáticas. Como me irritam. O "Timão", o "Curintians", carros em disparada, motoristas bêbados, as bandeiras freneticamente balançadas na cara da gente. Tenho medo. Passei pelo Pacaembu num domingo, em final de jogo. Apavorada e muda. E meu neto exultante: o Corinthians acabara de vencer. Corintiano roxo, ele, os irmãos, essa meninada toda. Que diria Bonifácio, se vendo os nossos misturados a essa cafajestada, comemorando aos berros, insultando os outros? Nem quero pensar. Bonifácio gostava de futebol, e até que gostava muito. Não perdia jogo do Paulistano. Conhecia muito bem alguns jogadores. Mário de Andrada, Friedenreich, Sérgio, Formiga, Netinho. Mas era tudo tão diferente. Em profissionalismo ninguém falava e não se vendia jogador como carne em açougue, como se faz hoje em dia. E a peso de ouro. Acho um absurdo.

Passou rente à janela aberta da sala e um porra putamerda, o Jorge Mendonça não podia ter perdido esta bola, estourou em seus ouvidos. Ainda bem que Bonifácio está morto, ele jamais iria admitir o linguajar destes meninos, aqui dentro, na frente das irmãs, da mãe, de quem estiver perto. É inconcebível. Quanto a mim, me calo. A casa já não é minha, e se os pais não se importam, não sou eu quem vai se intrometer nisso. Fico em meu canto cuidando de minha vida. Bonifácio tinha razão quando dizia: o duro não é viver, é sobreviver. A gente vai engolindo tudo, empurrando garganta adentro; caso contrário, fica de lado. Será que hoje não vai ter novela outra vez? A semana toda esta amolação de futebol. Por que não antecipam o horário da novela?

Camiseta colada, calça atarrachada aos quadris (como é que esta menina consegue respirar?), a neta surgiu na porta lateral, oi você bem que podia providenciar um café pra gente agora no intervalo, tá legal? Tava sim, tava. Não estava mesmo fazendo nada, pelo menos se ocuparia em alguma coisa.

Entrou com a enorme bandeja, xícaras, bule, açucareiro e o indefectível adoçante, que essa gente já não põe mais açúcar em nada. Ossos à mostra e sempre com medo de engordar. Um dos rapazes afastou cinzeiros repletos de tocos, copos com restos de Coca-Cola, de uísque, e de uma outra bebida avermelhada que ela não identificou, e abriu espaço para a bandeja. Em meio à fumaça e escassez de luzes, tentou reconhecer as pessoas. O som dos comerciais, acrescido das conversas, causava-lhe certo atordoamento. Procurou se concentrar no que se dizia em voz um tanto baixa:

— ... literalmente arrebentado. Irreconhecível.

— E depois os filhos da puta se irritam quando a imagem lá fora não é tão limpinha como eles querem que seja.

— Quando vi o estado em que ele ficou, quase vomitei.

— E os sacanas ainda têm o desplante de dizer que não existe, que é invenção da gente.

— Tenho a impressão de que ele não se levanta mais daquela cama.

— Terrível. Seria uma perda irreparável.

Afastou-se para servir café aos que estavam na extremidade oposta da sala. Preocupada. Quem seria esse fulano que não ia mais sair da cama? Que tinha seu neto a ver com essa gente e em que estaria metido agora? De alguns anos para cá só trazia aflições à família. O mais inteligente, o mais capaz, e em vez de estar trabalhando como o irmão — de paletó e gravata num cargo bem remunerado — estava sempre às voltas com trabalhos avulsos, sempre redigindo sabia-se lá o quê, rodeado de uns cabeludos de calças rancheiras. Atravessou a sala de volta e apanhou o fim da frase:

— ... loucos para que a gente ganhe. Pelo menos durante algum tempo, vão manter o povo anestesiado.

— Claro. Na euforia da vitória, qualquer reivindicação passa para segundo plano.

Recolheu as xícaras vazias, pegou a bandeja. Estava começando o segundo tempo.

Na copa, lavando as xícaras, alguns minutos mais tarde ouviu os gritos de alegria e o estrondo dos rojões. Conseguia-se, finalmente, o primeiro gol. É, suspirou, com certeza hoje não vai ter novela outra vez. Passam o videoteipe do jogo, na certa.

Contagem regressiva
(fragmentos)

Parei o carro na calçada oposta ao edifício. Amarelo-ocre, esparramado horizontalmente. De rua a rua. Portões abertos e a visão do pátio e dos terraços alongados. As colunas. Agora sólidas por pouco tempo. Homens cruzando-se atarefados, obedecendo ordens, instalando dispositivos. Muita precisão. E no momento exato, nuvem de poeira, pó acumulado lentamente assentando-se ao chão. Do lado esquerdo a capela, vitrais coloridos, canto gregoriano, missas, bênçãos, confissões, meninas ajoelhadas, Dom José orando, pregando, oficiando. Em cima a torre, ambição máxima, prêmio ao bom comportamento, acesso obtido por sorteio em tardes de quermesse. A íngreme escadaria da torre. Chegava-se arfante ao topo. Engolia-se o vento, a vista da cidade e do mar. Por sorteio ou bom comportamento as escolhidas conquistavam a torre.

Na extremidade direita o refeitório amplo. Em cada mesa dez meninas. *Attention, mes enjants*. A mestra de disciplina obteve logo a nossa atenção. Fazíamos uma algazarra tímida, meio chocha, em clima tenso. Alguma coisa muito grave pairava no ar, no colégio, nas casas, na cidade, havia meses.

— *Mère* Jane tem um comunicado muito importante a fazer.

A Madre Prefeita entrou hirta, mais séria do que quando chamava a aluna à sala da Prefeitura e a mandava sentar na cadeira à sua frente.

— Minhas filhas, o mundo está vivendo um momento extremamente grave. Arrebentou a guerra na Europa. Precisamos de muita oração. Vocês vão voltar para buscá-las. O colégio permanecerá fechado durante algum tempo. Avisaremos quando for possível o reinício das aulas. Se saírem de Santos, peço que vocês levem os livros e cadernos, vão repassando as lições. E não se esqueçam de rezar muito pela paz mundial. *Merci, mes enfants.*

Um zumbido indagativo e amedrontado, vozes veladas, acabamos o almoço quase em silêncio. Setembro de 1939. Não tivemos primavera.

Da calçada oposta, observo a movimentação dos operários. Ao amanhecer do dia seguinte, tudo deve estar pronto. Andam com rapidez e comprimem-se em círculo. Cada vez mais cerrado. Fundem-se em um só homem. Um homem alto, de óculos, trazendo pela mão uma menina. Sorriu e cumprimentou a *joeur* que estava junto ao portão vigiando a entrada das alunas. A menina agarrou sua mão com força, ainda não fizera seis anos. O homem a carregou, amassando sua saia engomada de fustão branco, entortando o laço de sua faixa rosa. A menina se sentiu um pouco mais segura e prendeu o choro. Meu pai atravessou o jardim, entrou no vestíbulo e me pôs no chão, à frente de *Mère Prefecte*. Apertei os lábios. A Madre Prefeita abaixou-se, passou a mão em minha cabeça:

— *Et bien quest ce qu'il y a, mon enfant?* Vamos conhecer o colégio. Papá vem conosco.

Passamos pelo *parloir* por um largo e infindável corredor, entramos em algumas salas de aula, fomos até a capela. De volta ao vestíbulo, antes que eu tivesse tempo de reagir, meu pai me beijou e disse:

— Às quatro e meia venho te buscar.
Caminhou rápido em direção ao portão. Não me deixe, por favor, não me deixe, eu quis gritar. Muda, vi meu pai se afastando. Referência cortada, sangrei em silêncio a dolorida amputação.
As janelas marrons agora imensos olhos vazados na extensão ocre. Já haviam sido retiradas as portas e janelas. Vendidas certamente como material nobre. Construtores disputando madeira lavrada, caixilhos, portais de ferro. A espessa porta da capela. Estava aberta quando a fila dupla se aproximou. Disciplinadamente fomos ocupando nossos lugares nos bancos. Aturdidas, sem saber até que ponto nos atingia essa guerra, íamos repetindo as palavras de *Mère Prefecte*. Orávamos por uma paz que só viria cinco anos mais tarde.
Nesse dia não voltamos de bonde — o especial que nos apanhava às sete e vinte da manhã e nos trazia de volta às cinco da tarde. Percurso: São Vicente-Conselheiro Nébias e vice-versa. Ia parando em quase todos os pontos. Uma *soeur* nos acompanhava (falem baixo, sentem-se direito, façam menos barulho). Saímos mais cedo nesse dia, cada aluna levada por algum parente avisado para ir buscá-la.
Me desvencilhei da faixa vermelha, do uniforme, dos sapatos e meias. Espalhei-os pelo quarto. De vestido caseiro e sandálias desci. Meu pai nos esperava. Os meninos também já estavam em casa.
— Dentro de uns dois ou três dias, vocês vão para a fazenda com sua mãe e ficam lá até o começo do ano. Ou até quando eu achar que vocês podem voltar.
Minha irmã impassível em expectativa. Os meninos de olhos brilhantes: férias por tempo indeterminado, cavalo, pescana, ribeirão. E, principalmente, nada de estudo.

Fiquei em pânico: — Mas ainda estamos em Setembro. Quantos meses vamos ter que ficar fora de Santos? E as provas de fim de ano? E minha audição de piano em Novembro?

— Nem se cogita disso. Coisas gravíssimas estão acontecendo e você me vem falar em audição de piano.

— Mas como é que nós vamos passar de ano, se não fizermos os exames finais? — Pouco me importavam os exames, eu pensava era em Paulo. Quatro ou cinco meses sem ver Paulo. Essa perspectiva negra se abatia sobre mim e eu explodia em perguntas e argumentos que sabia falsos.

— Tudo isso é secundário. Acontece que no momento vocês não podem ficar aqui — de incisiva a voz passou a melancólica. — Gostaria de ir com vocês, mas preciso cuidar dos negócios. Irei sempre que possível. Amanhã sua mãe vai tomar as providências para a viagem.

Uma das providências, além da compra de passagens e arrumação de malas, era um telefonema para "Ao Anjo Barateiro". Minha mãe desfiava imensa lista de mercadorias, que eram despachadas para a fazenda. Chegavam uns quatro ou cinco dias depois de nós, e abrir os caixotes constituía alegre ritual. Mas isso já não me interessava. Só Paulo me interessava. A voz de meu pai foi se tornando lenta, melodiosa. Era o som de *Moonlight Serenade*. Jantar dançante no Clube XV, onde eu punha em prática o que aprendia nas aulas de dança. Com Paulo naturalmente. Parceiros eventuais, sem importância os outros. A orquestra local repetindo Artie Shaw, Glen Miller, Benny Goodman. De quando em quando éramos brindados com uma orquestra mais sofisticada, de São Paulo ou do Rio. E uma vez por mês o clube apresentava um cantor de sucesso: Pedro Vargas, Agostin Lara, Elvira Rios. Mas do que gostávamos mesmo era de música norte-americana, *Deep*

Purple, Sentimental Journey. Dezenas de outras. Passávamos fins de semana e feriados tirando letras de fox. Ouvíamos o mesmo disco repetidas vezes e íamos anotando a letra. Meu inglês, já não tão incipiente; desempenhava importante função extramuros escolares. Sentimental Journey.

Foi forte a colisão. O fusca freia, a Honda inflete para a direita, bate no muro, rodopia. As rodas ficam girando no ar. O rapaz estatelado no chão, aparentemente sem ferimentos, apenas tonto. Mas tão logo se levanta, investe contra o motorista do fusca.

— Filho da puta. Precisava me fechar desse jeito? Viu o que você fez? Droga. Eu podia ter morrido. Vai me pagar o conserto da moto, claro que vai. Cachorro, filho da puta.

Trânsito parado, gente aglomerada, o guarda afastando os curiosos. Bastante amassado o fusca, a motocicleta inteiramente arrebentada.

Paulo passava pelo colégio na hora da saída, sempre que podia. Vinha numa Philips. Eu estava louca por uma, iria ganhá-la no ano seguinte. Na ocasião tinha uma bicicleta Dupá. Boa, mas inferior à Philips.

Nesse dia Paulo não passou pela Conselheiro Nébias. Veio até o José Menino mais tarde, quase na hora do jantar. Eu estava no portão. Tinha certeza de que ele viria. Saí. Dei como pretexto a necessidade de apanhar um caderno em casa de Anna, no fim da rua. Fomos até a Praça Washington. Paulo encostou a Philips na mureta do orquidário, estava sério e calado. À praça quase vazia, o orquidário já fechado àquela hora. O ar morno, opressivo, e em minha garganta um aperto que eu procurava disfarçar. Essa guerra que eu não entendia, que me inundava a mente de sangue e morte, que irrompia em minha vida e me tirava de casa. E me tirava Paulo. Só nos vimos cinco meses mais tarde.

Um apito do outro lado da rua e os operários fazem uma pausa para o almoço. Pegam as marmitas e se acomodam como podem.

Engoli o café às pressas naquela manhã, deixei pela metade a fatia de pão com manteiga. Aflita. Não queria de modo algum perder o bonde especial. Depois de cinco meses voltávamos ao colégio. Passamos de ano sem fazer os exames finais, levadas em conta as notas obtidas até a suspensão das aulas. Fui quase correndo para a esquina, minha irmã atrás (calma, hoje não estamos atrasadas, temos tempo de sobra).

Assim que o bonde parou, vi Helena me fazendo sinais: havia guardado lugar a seu lado. Além — ou apesar — do parentesco tínhamos muita coisa em comum, éramos amigas. Foram talvez excessivos os abraços e beijos porque *joeur* Marie logo nos disse:

— *Et bien, mes enfants, ça sufit maintenant.*

Endireitei as costas e me sentei em posição adequada a *une jeunne fille bien rangée* — como diria Simone de Beauvoir. Voltei-me ligeiramente para o lado de Helena, tanta coisa a conversar, e comecei a fazer perguntas periféricas me aproximando em círculos do centro: Paulo. Eu não o vira desde o ano anterior e estava ansiosa por notícias.

Helena interrompeu meus rodeios. Estivera com Paulo na véspera (morava em São Vicente bem perto de sua casa) e eu podia ficar tranquila: ele iria nesse mesmo dia encontrar-se comigo à saída das aulas. Respirei, emocionada e feliz.

Verdadeira festa a volta ao colégio. O Velho Mundo se estraçalhava, nós deslizávamos alegres — muita patinação nesse último ano de ginásio. E jantares dançantes, festinhas, aulas de sapateado, torneios de tênis. Alheias à fornalha europeia, cujas fagulhas dentro em breve nos atingiriam, acompanhávamos inconscientes o desenrolar dos fatos. Fragmentos de conversa à mesa — os adultos apostando sobre avanços e recuos — algumas notícias de rádio ou jornal. Cuidávamos mesmo era dos preparativos para a formatura.

Quanto a mim, com essa fidelidade irritante (e algumas vezes prejudicial) a pessoas, lugares, princípios, continuava apaixonada por Paulo. E com as mesmas amigas: Anna, a de todos os momentos e de uma vida inteira; e Helena, que mais tarde fui perdendo aos poucos: um casamento no exterior pouca oportunidade lhe dava de voltar ao Brasil.

Paulo eu também perderia — e em que circunstâncias, meu Deus — mas isso tudo ainda estava por vir. O Velho Mundo se estraçalhava, e para uma jovem do outro lado do Atlântico, esse ano só trazia alegrias: a bicicleta Philips tão desejada, a medalha de prata por boas notas, o *cordon d'honneur* (prêmio ao bom comportamento, até então nunca obtido), a pulseira de ouro como presente de formatura. E o principal: o namoro firme com Paulo. Embevecida. Foi como terminei o ano.

A mulher alta e loura vinha depressa e pisando duro. Deu uma parada brusca, olhou para o imenso edifício de portões escancarados, os operários em movimento do outro lado da rua, e seguiu seu rumo. Era sanguínea e esbranquiçada como Frau Gerda. Um pouco mais alta, talvez.

Frau Gerda fora buscar um livro e não se demorou. Voltou pisando duro, seus sapatos ressoando no assoalho sem tapete. Puxou a cadeira com ruído, sentou-se ao meu lado e falou:

— Os submarinos alemães puseram a pique mais um navio brasileiro.

Os olhos de Frau Gerda brilharam. Ela não riu abertamente, apenas um repuxar de lábios para a esquerda. Sem dizer uma palavra, baixei a cabeça, comecei a ler *Die Lorelei*. Arrebentando de raiva. Não continuo com estas aulas de jeito nenhum. Minha irritação era tanta, que eu tropeçava nas palavras. À medida em que lia, ia procurando uma desculpa. Agora. Tem que ser agora. Sem consultar ninguém. Me armei de coragem.

— Sinto muito, Frau Gerda, mas vou ter que parar com as aulas. A próxima será a última.

Não esperava por isso. O olho azul espantado, os lábios mal se abriram: — *Warum*?

— Porque vamos viajar. Não sei quanto tempo ficaremos fora.

A cara de espanto e desapontamento quase me fez acrescentar: assim que voltar procuro a senhora. Mas a raiva ainda era grande. Afinal de contas, ela não tinha o direito de tripudiar sobre o meu patriotismo. Ficasse quieta. Tivesse a delicadeza de não tocar no assunto, e as aulas prosseguiriam como sempre. Era uma excelente professora e eu estava interessadíssima. Já me via voando alto: ao meu alcance toda a literatura alemã, no original. Mas não. Tinha que me provocar e estragar tudo. Terminamos a aula sem nenhuma cordialidade. À saída Frau Gerda me disse:

— É uma pena. Você estava indo tão bem.

Na semana seguinte voltei para a última aula. Já não havia animosidade. Só constrangimento. O olho azul, o tempo todo, fixo em meu caderno ou nos livros. Quando nos despedimos, me encarou:

— Se você quiser recomeçar, me procure.

— Está bem — eu disse — assim que puder.

Desviei o olhar para a porta, aflita para sair. Quanto mais rápido terminasse, melhor.

Frau Gerda segurou meu braço com firmeza, seus gestos sempre fortes e bruscos. Afrouxou os dedos e me abraçou:

— Temos tanta coisa para estudar, para ler juntas. Espero que você volte logo.

— Assim que puder — repeti.

O vestido preto exalava suor e mofo. Narinas ardidas, fui me afastando devagar. Não queria parecer insensível ou grosseira. Mas, com jeito, eu me desviava rumo à porta, a finalidade de exibir essa viuvez? Ela podia ao menos usar uma blusa branca. À espera do bonde, ainda consegui vê-la: um vulto negro movendo-se junto ao portão.

O mesmo vestido preto, ou outro semelhante, vi muitos anos mais tarde sobrando num corpo descarnado. Frau Gerda sobreviveu. À falta de alunos, à hostilidade dos vizinhos, à animosidade geral. Encontrei-a no mesmo bairro, num quarto de pensão. Vendera a casa para se manter. O olho azul recoberto por uma película esbranquiçada, o rosto flácido, agora sem tom sanguíneo. Acinzentado. Em certo momento, levantou-se lentamente, apanhou o livro de textos literários, gasto, algumas folhas se soltando. Me entregou:

— Quero que você fique com esta lembrança minha.

Abri numa das páginas marcadas. *Die Lorelei.* Li bem alto para que ela pudesse ouvir.

O operário fechou a garrafa térmica e a marmita, embrulhou restos de pão, e colocou tudo numa sacola de plástico. Continuou sentado, a cabeça encostada na parede.

Feito em casa e de macarrão era o pão que comíamos. Já não se conseguia comprá-lo pronto. A escassez de farinha obrigava a imaginação a recursos vários. Começávamos a sentir os efeitos da guerra. A gasolina também foi desaparecendo e os primeiros monstrengos a gasogênio nos assustavam nas raras vezes em que saíamos à noite. Estávamos em *blackout*. Nossa cidade não se podia dar ao luxo de ficar iluminada depois das oito. Dentro de casa acendíamos as luzes, mas cada janela era recoberta por um pano negro. Vedadas todas as frestas. Durante o dia a vida seguia, com restrições, seu ritmo costumeiro. Na chegada da noite vinham o medo e a insegurança. Eu olhava para aqueles panos pretos amortecendo as luzes, um cenário fantasmagórico, e me batia uma tristeza funda. Além disso, sentia muita falta de Paulo: ele já não morava em São Vicente. Trabalho e faculdade só lhe permitiam descer a serra a cada quinze dias, em fins de semana.

Terminado o ginásio, fazíamos um curso que costumávamos chamar de "espera-marido": aulas de costura, bordado, culinária, boas maneiras (ah, se as feministas nos vissem, precisávamos mesmo era de um bom tranco). Quanto a mim, isso não fazia parte de meus planos e cogitações. Nem eu tinha propensão para trabalhos manuais ou para ficar à espera de marido. Também me preparava para a faculdade. Literatura e línguas eram a minha paixão. Lia desordenadamente tudo o que me passava ao alcance dos olhos. E tudo quanto descobria, escondida, na biblioteca de meu pai: de Pitigrilli (*Mamíferos de luxo*) a D. H. Lawrence (*O amante de Lady Chatterley*). Pagará, como quase todas nós, tributo a Ardel e Delly, mas esse indigesto melaço já fora substituído pelos saborosos tachos do nordeste. E o Capitão Vitorino Papa Rabo cavalgava minha imaginação nas noites de *blackout*, intrometendo-se em lugares os mais indevidos. Sua figura aparecia arrasando cidades da França e da Inglaterra, lutando no deserto africano, e de repente Papa Rabo surgia na porteira de nossa fazenda, chicote em punho. Seus olhos brilhavam nas cortinas negras de meu quarto, seu rosto se contorcia à medida em que o tecido balançava. O Capitão, ameaçador, brandia o chicote, dava ordens: um zunido fino e dolorido feria-me os tímpanos, bombas explodiam sobre minha cama.

A cabeça encolhida sob as cobertas, eu acordava suando e tremendo. Terríveis esses pesadelos. Ouvíamos diariamente notícias de guerra, víamos filmes sobre a guerra, e os ruídos e imagens que os sonhos nos devolviam eram alarmes antiaéreos, abrigos subterrâneos, voos rasantes, silvos de bombas, cidades arrasadas.

Sirene soando. Encerrada a pausa para almoço e descanso. Os operários retomam o trabalho, espalham-se pela extensa área do edifício. Da calçada oposta observo a movimentação, os preparativos.

— Já não aguento estes preparativos — eu disse — se soubesse que a festa ia dar tanto trabalho.

— Foi você quem quis — minha mãe interrompeu. Sentou-se na cadeira mais próxima, exausta — Paulo concordou, seu pai e eu achamos muito bom. Agora não dá para voltar atrás

— Eu sei. Acontece que o número de convidados foi crescendo, e eu não queria tanta gente.

Não era precisamente o que me preocupava. À medida em que contratávamos serviços, experimentávamos vestidos, essa recepção cada vez mais vergava-me os ombros e a consciência. Racionavam-se alimentos e roupas na Europa, e eu aqui de cardápio nas mãos à escolha de iguarias.

Mas a sensação de culpa ia sendo empurrada para esse monturo da mente onde se jogam os fatos incômodos. A atenção se desviava para as necessárias providências que me ocupavam o dia inteiro. E, além do mais, ia me casar com Paulo. Era o que importava.

Uma perua entra no pátio, os operários descarregam caixas — grandes invólucros de papelão. O rapaz da moto, costas apoiadas ao muro do edifício, conversa com um guarda. Demorada a ocorrência, o Volks e a Honda ainda não removidos.

Fomos logo retirados do carro, eu soube depois. Paulo ainda com vida. Na cama do hospital, o corpo todo dolorido — contusões e fraturas — foi-me voltando a consciência. Abri os olhos e nos olhos de meu pai, debruçado sobre mim, vi o vulto crescendo, se agitando, o estrondo do impacto, os pontinhos brilhantes, a escuridão, o vazio.

O vazio sem Paulo.

Fora um ano muito bom. No âmbito pessoal as mútuas descobertas, a ternura, o desejo apaziguado e renascendo. Nas pequenas concessões ou exigências aparávamos as respectivas arestas. Nos adaptávamos, e muito bem, Paulo e eu.

No cenário mundial as perspectivas se abriam para o término da guerra, os aliados em evidente vantagem.

Os americanos lutavam em várias frentes, espalhavam-se. Chegaram ao Brasil com seus chicletes, refrigerantes, descontração, e sua respeitável moeda. A base aérea de Natal, ponto estratégico, abrigava as fortalezas voadoras. E nossos pracinhas lutavam na Itália. Caminhava-se para a paz.

A amargura que me devastava o íntimo nenhuma perspectiva de paz me deixava.

Da calçada oposta vejo os portões abertos, o extenso pátio e o edifício amarelo-ocre. Sólidas por pouco tempo as colunas. Dentro em breve, nuvem de poeira, pó acumulado lentamente assentando-se ao chão.

A fumaça entrava pelas janelas e portas, provocava tosse. Cheiro forte de pólvora queimada, fogos explodindo, rastros luminosos no céu. As estações de rádio a todo o volume, buzinas disparadas. As pessoas riam e choravam, se abraçavam. 7 de Maio de 1945. Terminara a guerra na Europa.

Saí para os jardins da praia. Tentava me integrar ao clima festivo e racionalizava: não tem vez a dor pessoal face a momento de tão intensa euforia. Marco de uma vida melhor, a esperança se mostrava nos rostos.

Caminhando na calçada da praia eu ouvia os sons cavos, na barra os navios apitavam.

Dou a partida no carro. Volto os olhos uma última vez para o edifício amarelo-ocre. Pó assentando-se ao chão.

Júri familiar

Não deu tempo de se levantar. Traiçoeira, a golfada veio de repente sobre o prato, respingando na toalha. Um gosto azedo na boca, vergonha e mal-estar. À sua volta as fisionomias enojadas, vultos balançando na obscuridade enjoativa. Ergueu as pontas da toalha, cobriu a imundície. Levantou-se, a vista turva, a mão agarrada com firmeza ao espaldar da cadeira. Nem tinham chegado à sobremesa.

Como de costume sentara-se na cabeceira a ré, na extremidade oposta ao marido. Filhos e genros sustentavam, nas laterais, a solidez da estrutura. Era a hora da cobrança. Sentia-se na travessa retangular de prata, esquartejada e servida em postas. Que deslizavam no sangue. E quando os dentes do garfo atravessavam as fibras, vinham a dor e o enjoo.

Na cama, a boca lavada ainda amarga, ela recompõe as postas. Suturadas até o próximo esquartejamento.

Jó no super-market

(da série Jó e as agruras da vida urbana)

Pois então vá você — lhe disse a mulher.

Jó olhou para ela e continuou mastigando. Não vamos começar agora, pensou, sempre na hora da refeição. O suflê de queijo, um de seus pratos preferidos, já um tanto sem sabor.

— Quero ver você fazer o milagre. Pago pra ver.

Jó quieto. Engoliu quase todo o bocado, só restou um pedacinho de queijo. Consistência de borracha, custou a passar pela garganta.

— Com a mesma quantia, é claro. Porque com mais não é vantagem, qualquer um faz. Até eu — a mulher prosseguiu — que sou imbecil ou débil mental. Para você.

— Eu não disse isto. E nem acho — Jó falou com cuidado, desistindo de terminar o suflê. Deu por encerrado o jantar. Já não chegaria à sobremesa, sabia.

— Mas age como se achasse. Está sempre reclamando. Não posso fazer milagre. Amanhã quem vai é você.

Os filhos se levantaram. Um tinha um amigo esperando, a outra foi para a sala e ligou a televisão. A menor continuou sentada, os olhos grudados no pai.

Jó pediu o café. Quanto mais rápido conseguisse acabar o jantar, melhor. Desistira mesmo da sobremesa.

— Gastei açúcar, coco, farinha, ovos, e perdi um tempão fazendo esse pudim. E você nem prova.

— Mais tarde eu como.

A mulher cortou uma fatia para filha e serviu-se de outra. Olhou de novo para Jó:

— Amanhã quem vai é você — repetiu. — Você pode muito bem passar um sábado sem esse seu futebol e ir verificar *in loco* — passou a língua pelos lábios saboreando a palavra e o pudim — como é que a gente tem de se virar lá dentro. Gente como nós. É bom porque assim ou você reclama menos ou me dá uma quantia maior. Faço a lista logo que terminar a novela, marco tudo que costumo comprar...

— Está bem, eu vou — Jó falou antes que ela pegasse o embalo total. Tomara que chova amanhã, pensou, daí não tem jogo mesmo. Um segundo depois considerou que estava sendo egoísta com seus companheiros de bola, que não tinham nada com aquilo. E torceu por um sábado de sol.

Jó se levantou da mesa, e antes que a mulher dissesse mais alguma coisa:

— Vou, mas com uma condição. Não se fala mais nisto.

Estava garantindo uma noite tranquila. Daria uma volta com a filha menor ali por perto, leria o jornal com mais vagar (notícias que apenas folheara), um filme na tevê, e cama.

Não fossem os meus rudimentos de inglês e eu estava perdido. Foi a impressão de Jó frente às prateleiras de artigos para limpeza. Fodido mesmo. Seus olhos subiam dos frascos de white para os de clean off, se desviavam para a direita e topavam com os soft, iam para a esquerda e descobriam os *bright*. Pôs os óculos para ler as indicações. Eram em português. Escolheu dois preparados para limpeza de azulejos, três removedores de gordura e uma fórmula (bastante sofisticada) para dar brilho em torneiras e objetos de metal. Ainda nessa seção apanhou dois invólucros de *perfect*, caminhou até o fundo e virou para a esquerda. Deu de cara com pilhas e pilhas de papel higiênico. Qual seria o mais suave? Perguntou-se. Apanhou meia dúzia de *finesse*, resolvendo mudar de idioma.

Quando já havia passado por mais duas ou três seções e examinava as latas de óleo, em dúvida quanto à escolha da marca, se deu conta de que não estava prestando a devida atenção à soma dos preços — dado imprescindível para não ultrapassar a quantia estabelecida pela mulher. Encostou o carrinho num lugar que lhe pareceu menos concorrido, tirou do bolso os óculos e a pequena calculadora. Passando com dificuldade a mercadoria de um lado para o outro, furando um saco de farinha de mandioca que escoou quase toda para o chão, fez a soma. Atingira apenas um terço da lista e já tinha ultrapassado metade da quantia a ser gasta.

Opções encaradas por Jó: levar a mercadoria anotada, mas em quantidade menor ou não chegar ao fim da lista. Escolheu a primeira. E começou pelo óleo, em vez de quatro pegou duas latas. Agiu de maneira idêntica em relação a outras mercadorias. Fez mais: foi recolocando nas prateleiras quase a metade do que já havia escolhido — o que lhe tomou cerca de vinte minutos.

De maquininha em punho, Jó caminhava e fazia seus cálculos. A soma ia alta, a lista pouco passara da metade. Apanhava um produto para logo em seguida, verificando o preço, devolvê-lo ao mesmo lugar. Serpenteou ao longo dos corredores, rente às prateleiras por mais meia hora.

Nessa meia hora: derrubou os óculos (felizmente sobre uma caixa de *kleenex*), colidiu com dois carrinhos, passou com o seu sobre o pé de um menino (cuja mãe se irritou), fez oscilar uma pilha de latas de ervilha (que segurou a tempo), levou um encontrão de um funcionário (carregando enorme caixa de papelão) desequilibrou-se e bateu o braço na alça do carro. Com toda a força.

Jó parou. Respirou fundo, passando a mão sobre o braço. Uma fulana sorridente, carrinho já abarrotado, perguntou se estava doendo.

Não. Não foi nada — Jó respondeu, segurando a dor e a raiva.

Guardou a calculadora. Pegou a lista e foi comprando, rapidamente, tudo o que faltava. Já nem punha os óculos para verificar o preço. Só queria era sair dali. Gastou mais cerca de meia hora entre a espera na fila e a passagem pela caixa.

A mulher havia deixado o portão aberto. Jó esterçou para a esquerda, deu marcha a ré e parou o carro sob a cobertura Zetaflex. Nem sempre era uma manobra fácil. Sobretudo aos sábados e domingos, quando aumentava o número de veículos estacionados na rua estreita.

A cara de Jó provocou na mulher um risinho sarcástico que o irritou. Ele foi logo dizendo:

— Antes de mais nada vou cuidar do meu braço que está todo arranhado e doendo muito.

Trancado no banheiro, limpou e desinfetou o ferimento com cuidado. E lentidão. Protelava o momento de enfrentar a mulher.

Depois de algum tempo, braço ainda dolorido, mas irritação diminuída, foi para a sala. Sentou-se e se deu por vencido.

— Entrego os pontos — falou para a mulher — você tem razão.

Ao contrário do que Jó esperava, ela não se vangloriou. Com certo desalento no olhar encarou o marido e começou a tecer comentários sobre o custo de vida, o preço dos alimentos básicos, e como os preços subiam dia a dia, e como cada vez ficava tudo mais difícil. Por aí afora.

Braço apoiado no espaldar da poltrona, os pés sobre a banqueta, Jó ruminava em busca de soluções. O leque de alternativas, praticamente fechado, o pouco que se abrira só lhe mostrava o retrato de um homem exaurido.

Jó *versus* INSS

47, contei, cada um: lixo do poder, excremento da máquina. José Martins da Silva, suor inundando o rosto, *fair play* esticado à altura do Himalaia e pernas encolhidas à rabeira da fila.
documentos na mão — deixa no bolso, zé, pra que pressa? — o 47 avança um passo e olha para trás: mais cinco chegaram e se postam em leve curvatura amoldada à corda, que nosso limite é exíguo, o espaço mais amplo não nos cabe, atrapalhamos as operações lucrativas, o entra-e-sai, as pequenas filas nobres, entulhamos.
zé m. da silva, já agora o 43, com um passado recente, mas profícuo de exercícios de flexão, reflito e, cogitando, chego à conclusão de que sou um privilegiado. um tanto perplexo, vou às raízes dessa descoberta: o desmaio das velhinhas. explico. o caso é que, há dois dias, posto em tranquilo repasto à frente da tevê, o noticiário atropela uma sopa de ervilhas feita em casa (nada a ver com essas de pacote) que deslizava com mornidão saborosa por minha garganta. a fila serpenteia quilômetros. em pé, semi-em pé ou sentados no chão os candidatos ao favor mensal depõem: cheguei às quatro, estou desde meia-noite, pedi para meu filho guardar lugar. a repórter passeia o microfone por mais algumas bocas desdentadas até o momento em que a câmera focaliza as duas velhinhas. o microfone volta em rápido bumerangue à boca colgatelook para os comentários reluzentes enquanto duas macas retiram as exauridas.

já agora o 38, penso na importância desse episódio, lembrete aos privilegiados como eu, que, a bem da verdade, integram confortável mini cauda, considerando-se a fila das velhinhas desmaiantes.

Retomo a leitura — vê lá se esqueço de trazer livro ou revista, já experimentei jornal, não deu, um tanto complicado o manuseio das páginas nos centímetros que nos separam um do outro — mas o 37 continua a querer prosa, volta a cabeça para trás a todo instante, e a seus comentários vou respondendo com monossílabos: sim, é, claro. de repente me dou conta da minha falta de solidariedade, afinal somos companheiros de marcha, menos brancaleones do que as velhinhas, é óbvio, mas estamos no mesmo barco, isto é, no mesmo banco, embora não sentados. resolvo ser um pouco mais prolixo. fecho o livro e alongo as respostas: você tem toda a razão, é mesmo um absurdo, o poder nos espezinha, vou me entusiasmando e me flagro no meio de um discurso semiporta de fábrica, paro a tempo.

Volto à leitura, deixo que a marcha vá fluindo como Deus é servido, pois que a nós, desservidos, nos cabe caminhar. e o zumbido lamuriante faz música de fundo à dolorosa peregrinação de Maria de França. mergulho de cabeça no texto de Osman, integro a ficção, incorporo meus passos à narração de Julia Marquezim Enone. leitor e personagem, cumpro nossa caminhada.

josé martins da silva, professor aposentado, ergo os olhos do livro, meu carimbo agora: nº 7, caixa à vista, alvíssaras, brado eufórico. E o número 6 nem dá pelota, costas imóveis, já não se volta para trás, receio talvez do meu rompante inconveniente quando ainda éramos terceira dezena.

Prestes a conquistar o guichê, empunho os documentos qual bandeira vitoriosa. josé martins da silva, enfuno o peito, hasteio identidade e carnê sobre o balcão.

Retrato sem legenda

O 747 desce. Vou reconhecendo a região. Certas referências básicas permanecem: a pequena estação ferroviária, a ponte sobre o rio estreito e pedregoso, o mosteiro — marco senhoril do feudo, o cavaleiro na colina.

Rosto colado à janela, a memória se alonga em busca dos cafezais, da mata de São Bento, dos pastos da Bela Vista. Os olhos divisam casas e piscinas em profusão.

Redondas, quadradas, retangulares, as poças de azul fictício semeiam-se em exíguo verde. Cada casa, sua maxi banheira colorida. A vista alonga-se o quanto pode: na fímbria do horizonte uma vegetação mais densa (a mata de São Bento?). Em fração de segundos eretas línguas de concreto entremeiam-se a casas térreas, cortam essa perspectiva. E logo sobrevoamos uma barreira periférica de extensas construções e seus formigueiros habitacionais.

O Jumbo perde altura. A pista já bem próxima, o suor nas mãos, a angústia evidente em cada músculo da face. A freada, o encontro das rodas com o solo, o deslizar tranquilo. E a sensação de alívio.

A sensação de alívio mais profunda do que qualquer outra foi o que me veio das catacumbas da memória. Trazendo de volta a pequena estação ferroviária, o trem sacolejando no ramal de bitola estreita, fagulhas sopradas para dentro do vagão, trilhos correndo rumo ao litoral. E depois o embarque no cargueiro, o anoitecer úmido, chuvoso, a cidade ao longe, luzes mais e mais esmaecidas, apitos roucos. Tudo induzindo a aguda melancolia. Sobrepondo-se à tristeza de partir, o alívio da ruptura brusca e vital.

Alívio também agora, mas de uma euforia serena de quem busca o reencontro, a terra firme.

— Ainda bem que não mexeram nesta estrada de terra.

— Logo logo eles asfaltam. Já existe um projeto — meu irmão fala. — Vão chegar com o asfalto até a entrada do sítio.

— Sítio? Você não ficou com a fazenda?

— Vendi grande parte para manter a sede, para ter algum rendimento. Você sabe como a terra come capital. Lembra-se do prejuízo que tivemos com aquela geada, uns dois ou três anos antes de você viajar?

— Me lembro — (cédulas rurais, venda de gado, venda de eucaliptos, e lá se foram três enormes bandejas de prata e um antiquíssimo carrilhão). — Você conseguiu recomprar o relógio?

— Não. Acha que o dono, nadando em dinheiro, vai querer vender uma preciosidade dessas?

— Por falar em preciosidade, e o quadro? Continua em Itu?

— Agora está aqui. Na Biblioteca de Indaiatuba.

— Alvíssaras! Como diria tio Candinho. Indaiatuba tem uma Biblioteca Pública. Até que enfim. E desde quando?

— Foi inaugurada há uns dez anos. E depois o Prefeito reivindicou a transferência do quadro para cá. A Prefeitura de Itu lutou com unhas e dentes. Mas teve que se render. Tio Candinho encontrou um documento irrefutável.

— E a Biblioteca, naturalmente, tem o nome de José Cândido Ferreira de Souza.

— Não. Chama-se Oswald de Andrade. Tio Candinho não quis que pusessem o seu próprio nome. Sugeriu o de

Oswald de Andrade, de quem era amigo e admirador. Você sabe. Oswald frequentava a fazenda. E estiveram juntos na Europa, onde, segundo tio Candinho, fizeram farras homéricas, gastaram safras e mais safras de café.

Passamos sobre o mata-burro, contornamos o bosque de eucaliptos, o tancão (agora ninguém chama de tancão, é açude, e tem mais tilápias do que lambari e traíra), enveredamos pela alameda de flamboyants. Na extremidade, entre as paralelas avermelhadas, a casa.

Peito apertado, viro a cabeça para a janela, detendo a vista nos galhos que passam rente ao carro. No final da alameda, fazemos a volta pelo gramado e pelo tanquinho (açudinho, agora?). Volto a cabeça e nos defrontamos: a casa e eu.

— Você veio mesmo para ficar?

— Vim. Estou amarrando as raízes com barbante. Vou replantar.

— E o replantio começa amanhã na fazenda de tia Thereza. Ela oferece um almoço pra você. Todos querem te ver. O clã, depois de tanto tempo (quantos anos mesmo?), recebe de braços abertos a filha pródiga.

Ele sorriu. E o aperto em meu peito abrandou um pouco.

— As cores me parecem mais vivas. Sobretudo o verde. Mas talvez a minha memória me engane.

— Foi feita uma limpeza depois que o quadro veio para cá. As cores estão realmente mais vivas. E também fizeram uma restauração no canto inferior esquerdo. A tela estava muito ressecada.

— O quadro foi levado para São Paulo?

— Não. Tio Candinho conversou com o Prefeito e ambos acharam preferível que o trabalho fosse realizado aqui mesmo. A Prefeitura contratou um restaurador. Havia mais alguns quadros que precisavam de limpeza.

Meu irmão se afasta para cumprimentar um conhecido, continuo em frente ao quadro.

O homem sozinho numa estação ferroviária. Sua expressão fatigada, o corpo possivelmente dolorido pela longa espera no banco estreito e duro, o desalento vincando-lhe o rosto derrotado. Seus olhos se fixam plácidos e melancólicos nos trilhos, acompanham as estrias metálicas que se bifurcam e depois se perdem na curva junto ao rio. A locomotiva apita seu rouco adeus, fagulhas invadem janelas ainda abertas. Um aceno esgarçado na perspectiva é dolorosa presença na memória do homem solitário. De um passado ainda recente a memória recompõe uma figura de mulher, cujos traços derradeiros são a mão que acena e o chapéu emoldurado na janela. Dentro em breve o homem seguirá esse mesmo rumo, e de sua janela verá o trem contornando a mesma curva junto ao rio, as águas fluindo seu curso entre as pedras. E poderá talvez pensar que o seu próprio curso já nada mais é que o fluir na esteira de uma imagem.

— Imaginando se o autor teria sido mesmo João Theodoro?

Desvio o olhar do quadro e encaro meu irmão.

— Estava pensando em João Theodoro e Anna Flora, e em várias histórias que tia Thereza me contou. Tenho conversado muito com ela desde que cheguei. Parece que esse nosso antepassado, o tal coronel Bento, pai de Anna Flora, era terrível.

— Nem mais nem menos que os outros de seu tempo. E é muito difícil a gente estabelecer uma linha divisória entre a lenda e a verdade.

— Não vamos entrar em cogitações quanto à veracidade da tradição oral. Mas muitos fatos que tia Thereza narra foram testemunhados pela mãe dela. Que poderia alterar um ou outro ângulo, mas não a essência.

— Pode ser. O caso é que em torno desse quadro existe muita fabulação. E ninguém sabe se o autor foi realmente João Theodoro.

— Apesar do documento que tio Candinho encontrou?

— O documento especifica que o quadro deveria ser doado ao Município de Indaiatuba. Mas não é nada claro quanto à sua autoria.

— E qual foi a opinião de Mário de Andrade?

— Ele e Oswald se interessaram pelo quadro, mas não chegaram a uma conclusão definitiva quanto ao autor.

— Dizem que Mário reconheceu certa influência de João Theodoro (ou quem quer que seja o autor) sobre Almeida Júnior.

— Parece que sim. Sobretudo em *Cabeça de noiva*, que hoje pertence a uma coleção particular.

— Almeida Júnior perpetuando na tela uma possível imagem de Anna Flora?

— Talvez. E talvez, inconscientemente, com certa técnica influenciada por João Theodoro.

— Falou-se a respeito disso naquele almoço em casa de tia Thereza. Um dos juniores, o louro estrábico metido a entender de arte, diz que andou fazendo pesquisa sobre o quadro e chegou à conclusão quanto a sua influência sobre Almeida Júnior. E tem a certeza de que o autor é mesmo João Theodoro. Como, ainda não sei. Alguém interrompeu a conversa, e ele não teve interesse em retomar o assunto. Preferiu tomar mais algumas caipirinhas. Sua preocupação com as artes plásticas foi relegada a segundo plano.

— O almoço esteve bem tumultuado. Muita gente falando ao mesmo tempo, muita bebida. E você fazendo força para escapar de tanta pergunta. As 'meninas' chegaram curiosas, indóceis.

Elas chegam de roupas descontraídas, óculos escuros, e tênis os mais sofisticados. Nos cabelos nenhum fio branco. No rosto a pele esticada invalida qualquer referência à cronologia.

— Você está muito bem — me dizem. E a insistência da repetição é a medida da perplexidade com que encaram meu rosto gasto, a cabeça branca.

Maridos esportivos e prósperos estacionam carros, vêm se chegando. Gravo alguns nomes e me espanto com a incidência dos juniores. Há juniores em demasia para meu gosto.

Com timidez a princípio, depois com bastante desenvoltura (movida a caipirinhas e similares) o clã aperta o cerco das perguntas. No decorrer de um dia pretende recuperar a defasagem de anos. Me defendo, que não sou de entrega fácil. A cada estocada repico com assunto de âmbito geral. Me faço lisa, escorregadia.

Sólida estrutura, cujas costas e cabeça o passar do tempo e as intempéries da vida não conseguem vergar, tia Thereza de Jesus mantém 83 anos de lucidez. E sensibilidade.

Estrategista exímia, afrouxa os cordéis toda a vez que os sente esticados em excesso. Que o clã não exorbite, parece pensar. Refugio-me em sua cautela. Em sua história, que é a minha. Com ela retomo meus começos.

A tia Thereza posso até sentir vontade de me explicar. Aos outros não mostro meus porquês. Dificilmente entenderiam a necessidade de uma ruptura total com um mundo estreito, estagnado. Razão alguma para esses justificaria o abandono de um marido sólido (e apaixonado) em busca de uma perspectiva longínqua, movediça. Vítima e peça acusatória, exibindo o seu inconformismo, esse homem durante longo tempo aguardou a minha volta.

João Theodoro esperou um certo tempo e depois viajou para a Europa atrás de Anna Flora — um dos juniores, o louro estrábico metido a entender de arte, caipirinha em punho, entra nas minhas cogitações.

— Mas só viu Anna Flora uma vez. Ela conseguiu escapar à vigilância das freiras, não sei como. A ordem do coronel Bento — diz tia Thereza — era para que Anna Flora não saísse do colégio nem durante as férias. Ela passou dois anos interna e só voltou ao Brasil às vésperas do casamento. Com outro, naturalmente.

— Dizem que João Theodoro, inconformado, fez nessa época inúmeros retratos de Anna Flora. Num deles mostrava uma figura de mulher diáfana, num gesto esvoaçante, o vestido esgarçando-se em contrastes de luz e sombra — informa o louro estrábico.

— Mas o coronel Bento mandou destruir esses retratos e outros quadros de João Theodoro. *O homem sozinho numa estação ferroviária* foi salvo por Bentinho, que o escondeu na casa da negra Quitéria. Só depois da morte do coronel é que o quadro foi levado para O casarão.

— E João Theodoro? — perguntou a tia Thereza.

— Acabou na maior decadência, bebendo até morrer — adianta-se o júnior apreciador de vernissages. — Parece que foi encontrado morto no caminho da estação. Talvez estivesse voltando da venda onde ia beber.

(Vejo o corpo caído à beira da estrada, o rosto intumescido num esgar de dor, os ralos cabelos empapados em sangue e terra, as mãos manchadas de tinta. Mais além, barrigueira frouxa e arreio enviesado, o cavalo pastando.)

— Logo que puder vou à cidade — rompo um instante de silêncio. — Quero conhecer a biblioteca e rever o quadro. Tenho dele uma vaga lembrança. Vi esse quadro em Itu, há muitos anos. O que me ficou na memória foi, no rosto do homem, a marca da derrota.

Saímos da biblioteca. Negócios a resolver, meu irmão fica na cidade. Volto dirigindo com certa lentidão, a vista além do mosteiro, esticada na perspectiva ampla deste claro final de tarde.

Atravesso os trilhos, compulsivamente viro o carro para a direita e estaciono no pátio. Caminho pela plataforma. Um funcionário, terno azul-marinho e boné, cruza por mim com um descansado boa-tarde (o erre interiorano soa gostoso, nostálgico em meus ouvidos) e entra no escritório.

Um trem de carga passa lento, vai manobrar junto à curva do rio. Ramal desativado para trens de passageiros, a estação agora vazia. Vazio o banco estreito de madeira e pés de ferro. Com um lenço tiro dele um pouco da poeira e me sento.

Não consegui me sentar naquela tarde. Enquanto aguardava, andei pela plataforma na maior ansiedade, querendo que o trem chegasse logo, que eu não mudasse de ideia, que já estivesse longe bem longe para não voltar.

Ao ruído da locomotiva, me postei alerta na beira da plataforma, acompanhando o vagaroso estancar dos vagões. Mal saltaram os passageiros, subi com pressa os dois degraus, avancei pelo corredor em busca de um lugar junto à janela.

Abri a janela sabendo meu rosto à mercê das fagulhas. Talvez inconscientemente desejando que uma delas me atingisse e que a dor física pudesse mudar o rumo da emoção. Vento e poeira arderam em meus olhos, a estação foi-se esgarçando em enevoada imagem. Junto à curva do rio inclinei a cabeça, ergui a mão num aceno vazio. Ou, talvez, num gesto antecipado para alguém que durante longo tempo inutilmente aguardaria a minha volta.

Na plataforma deserta, sentada no banco estreito, duro, me identifico agora ao desalento e à solidão do homem que espera.

Amaryllis

Firmo a vista, distingo o movimento pendular. O vulto caminha oscilante até a extremidade da varanda. Para junto às grades, ergue a cabeça. Uma lâmpada, na parte externa, espalha uma claridade enevoada, brilho opaco no gramado e nos canteiros, mostra as formas na varanda. Localizo mesa e cadeiras e um semicírculo mais nítido: a rede em balanço quase imperceptível. Distingo o vulto junto às grades. À medida que fixo a vista, as formas se delineiam com mais precisão. Agora, ele encosta a bengala no canto, as mãos se agarram às grades. A cabeça continua erguida, rosto voltado para o céu. Imóvel, intensifica a rigidez das linhas: é um esboço duro o contorno dessa face.

(Inúmeras vezes ao longo dos últimos anos, tenho imaginado se em algum momento Amaro experimentou a sensação de piedade.)

Protegida pela cortina e com as luzes apagadas, observo a figura recortando o espaço sombrio, a proeminência do nariz afilado, o queixo já sem curva. A moléstia devora as carnes, deixa à mostra a rigidez da ossatura.

Quando ouvi os passos de Amaro no corredor, esperei algum tempo e me levantei. No escuro. Sei perfeitamente a localização dos móveis e objetos. Caminho abaixada até a janela aberta, fico em pé atrás da cortina. Respiro fundo e com prazer o perfume que sobe dos canteiros. Depois da pretensa tontura, do cansaço simulado, a alegria de sentir nas narinas o ar fresco da noite.

Custei um pouco a me dar conta das intenções de Amaro. Mas, quando tive certeza, entrei no jogo sorrateira e deslizante, grudada à máscara dessa Lili que ele vê. Dessa Lili que Amaro mantém à sua volta, sempre à mão, providenciando remédios e iguarias, escolhendo vinhos. Exibindo as pernas bronzeadas e excluída de sua erudição. Essa Lili, indigna de partilhar de seu Olimpo e que no momento me serve, não sou. Confesso que Lilith foi algumas vezes pensamento tentador. Mas logo afastei a ideia. Jamais teria coragem. Ao contrário do que acontece com Amaro, não tenho a frieza necessária.

(Penso no início do nosso relacionamento e me pergunto a que profundidade Amaro teria mantido essa camada — a crosta rija que se foi estilhaçando e soltou os blocos que agora boiam ante meus olhos.)

Espero. A moléstia segue a passo acelerado, questão de tempo, segundo Luís. E aguardo, fingindo ignorar que o próprio Amaro apressa o tempo. Mas que não me arraste. Luto com todos os ardis e força de que Amaro me julga incapaz.

Houve ocasiões, antes da chegada de Luís, em que eu teria aceito passivamente o jogo — solução para o desespero. Agora, Amaryllis úmida e adubada, broto colorida, o caule firme. Viver já não é um fardo.

A presença de Luís é alento, alegria. Dela extraio paciência e argúcia para sobreviver à alquimia de Amaro, cada vez mais enfurnado em sua estufa, às voltas com suas plantas, folhas secas, flores e misturas, potes, seringas e luvas. Seus compêndios. E o cérebro vagando entre a botânica e os deuses.

Vejo outra vez o sítio com olhos das primeiras descobertas. A folhagem reverdece, o vermelho dos flamboyants se estende pela estrada do riacho. Seguimos a trote lento, contendo a sofreguidão dos cavalos. Minha vista acompanha a leve ondulação do pasto, a limpidez do céu. Quero sol em meu rosto. Tiro o chapéu, que fica balançando às costas, preso pela tira de couro sob o queixo. Volto a cabeça para Luís, sinto ternura e gratidão: estou reconciliada com a vida.

(Amaro não teve gestos de carinho. Nem mesmo no início, quando os corpos se tocavam e a emoção poderia extravasar em ternura. Era um desejo sem caminhos de afeto, sem preparação. Vinha seco, cerebral. De seu Olimpo, Amaro concedia a dádiva. À eleita cabia a honra de ter sido a escolhida.)

Molho o rosto suado com água do ribeirão, enquanto Luís dá de beber aos cavalos, que agora descansam à sombra, rédeas presas a um galho de árvore. Sentamos na mesma pedra, a de superfície chata e alongada. A de sempre. Deito a cabeça no colo de Luís e me distraio com a luminosidade que atravessa as folhas, sombras e desenhos projetados. E depois, sonolenta, fecho os olhos. Mormaço, moleza, sensação de bem-estar. Ah, não refazer a estrada do riacho, não voltar para junto daquele homem macilento e alheio, incapaz de um gesto de entrega.

Na volta falamos dele — Amaro é tema recorrente, inevitável — e Luís insiste na necessidade de que eu me mantenha cada vez mais alerta. O que não é nada fácil. Jogar contra um adversário com a inteligência de Amaro não permite o menor deslize. É preciso estar sempre em guarda. Que Amaro não desconfie da força de Amaryllis sob o disfarce dessa Lili inculta e frágil.

O mecanismo de defesa é elaborado: planejamento, estratégia, simulação tanto quanto possível perfeita. Algumas vezes — em ocasiões em que não consigo simular a ingestão das gotas — sou obrigada a recorrer a expedientes sumamente desagradáveis, água morna, dedo na garganta, qualquer coisa que provoque vômito. E lá se vai à refeição inteira. Fico com a garganta ardida, olhos lacrimejantes, estômago fundo e dolorido. Mas a alegria de mais um ponto ganho.

Nessas ocasiões vou logo para meu quarto — há alguns anos, desde que nos mudamos para o sítio, dormimos em quartos separados —, tranco a porta, ligo o rádio em volume suficientemente alto e me fecho no banheiro. É preciso ter sempre em conta a acuidade e a inteligência de Amaro.

(Inteligência é atributo que me fascina. A de Amaro exercia sobre mim um poder encantatório. Em suas aulas, eu permanecia imóvel, engolindo com unção cada sílaba do mestre. E, à medida que subia em sua preferência, maior era o deslumbramento. Quando Amaro me escolheu, foi a glória.

Hoje, revendo nossa vida em comum, encontro sempre o erudito distante, polido. Gostaria que Amaro tivesse sido um companheiro, não um compêndio.)

A meio caminho de um processo psicológico que tendia a resvalar rápido para a ruína. Era como eu me sentia. Tinha lucidez suficiente para saber que uma guinada brusca e mudança total de rumo seriam a tábua. Bem agarrada, eu conseguiria sobreviver. Mas não tinha coragem. Deixar Amaro, a essa altura — a moléstia corroendo os ossos, emagrecimento acelerado, dores —, seria uma indignidade. Fui esticando ao máximo a tensão, o desespero. Nada me interessava. Música, leitura, banhos de piscina, passeios pelo sítio já não me traziam a menor alegria. Sair da cama e começar mais um dia era o momento mais penoso.

Amaro resolveu mudar de médico, e Luís passou a frequentar nossa casa com assiduidade profissional. Depois de algum tempo a relação médico/paciente modificou-se. Amaro acata o tratamento de maneira bastante submissa e, em contrapartida, firma-se perante Luís em alicerces de erudição. Descobriu no médico um interlocutor inteligente e atento, com quem pode manter conversas profundas. Das quais sempre me excluí.

Quanto a mim, fui aos poucos descobrindo o homem sensível, solitário. E passei a depender afetivamente de Luís tanto quanto Amaro depende de suas receitas para a sobrevivência. As menores coisas voltaram a ter um peso, um significado. Cada chegada de Luís é uma festa, que me deixa em vibração de euforia até sua próxima vinda. Fomos nos envolvendo em companheirismo, em ternura, no contentamento que a presença de um traz ao outro.

Não sei até que ponto Amaro consegue avaliar a intensidade da relação, mas é evidente que percebe o que está acontecendo entre mim e Luís. Qualquer um perceberia. Amaro mais do que ninguém. É um jogo de simulações a três, desagradável, mas necessário.

Os cavalos seguem agora a trote mais ligeiro, sempre aceleram o passo na volta. Temos tempo ainda para um rápido banho de piscina enquanto Amaro, protegido do sol, lê jornais e observa o movimento das braçadas na água.

Escolhemos o vinho e subimos para o almoço. Amaro chega pouco depois, vem da estufa certamente.

O peixe, disposto inteiro na travessa, exala tênue fumaça, um aroma delicioso de temperos. Comemos com apetite, ao passo que Amaro disfarça a inapetência, mastiga com lentidão e, a certa altura, interrompe a conversa. Esqueceu o remédio no quarto, pede-me para ir buscá-lo. Sei que é um esquecimento proposital. Vai aproveitar a minha ausência e dará um jeito — ele sempre dá — de pôr as gotas em meu copo.

Fingir que com um gesto inadvertido derramo a bebida seria expediente indigno da inteligência de Amaro. E, de minha parte, evidência ingênua que poderia fazê-lo enveredar por outros caminhos e meios. Sabe-se lá quais. Não tenho outra saída senão beber o vinho. Mas, assim que nos levantarmos da mesa, entro no banheiro, ponho tudo pra fora. E não me esqueci de tomar o azeite. Tomo sempre um pouco, antes de cada refeição, para proteger as paredes do estômago.

Depois do almoço mergulho em certo torpor, cansaço talvez pelo excesso de exercício durante a manhã. Recostada na poltrona, um tanto afastada, cerro os olhos e ouço. Minhas pálpebras pesam, a meus ouvidos chegam e se afastam conversas sobre alquimia, algas, constelações. Quando Luís se despede, não o acompanho até o carro. Mais tarde, exagerando cansaço e sonolência, deixo que Amaro me ampare até o quarto.

Bem desperta agora, protegida pela cortina e com as luzes apagadas, observo o vulto esguio junto às grades da varanda: Amaro ergue a cabeça, volta o rosto para o céu. Pensa em seus deuses, certamente. Aos quais dentro em breve irá se juntar.

Quanto a mim, Amaryllis úmida e adubada, finco as raízes na terra, broto colorida, o caule firme. E integro a paisagem enquanto puder florescer.

Rapunzel

O esquerdo não consigo abrir. O direito foca um rosto debruçado sobre o meu. Com esforço desgrudo as pálpebras, a dor subindo numa zoada fininha do fundo do olho para a testa. Explode no topo da cabeça e refaz o circuito. Uma golfada abre os lábios ressecados, vaza gosmenta. Sinto frio no peito, os cabelos úmidos, um cheiro azedo que provoca nova ânsia. Viro a cabeça — o corpo não se move — e dessa vez o vômito escorrega pelo ombro. O zunido estica-se em vibração insuportável, milhares de *zzzzzzz* cintilantes em ritmo acelerado. Náusea. E a escuridão.

Acordo com vozes, ruído de pés.

— Algum assaltante. Deve ter brigado com os companheiros na hora da divisão e levou tremenda surra.

— Está todo arrebentado. É melhor chamar a polícia.

— Precisa é de um médico e com urgência. Conheço o cara. Trabalha perto da Fundação, a umas três quadras daqui. É o motorista dos Karan.

Meu olho direito vê o movimento dos lábios, o foco de visão vai-se alargando, enquadra um rosto, depois um braço, e desce para a mão que segura meu pulso.

— Me ajude — peço.

Me ajude me ajude, Rapunzel, gritei, arrastado quarto afora aos socos e pontapés. E Rapunzel muda, olhos de pavor e assombro. Um corpo nu, congelado, envolto em gaze. A corrente de ar que entrou pela porta violentamente escancarada fez ondular o tecido leve. Lábios roxos em máscara de giz, Rapunzel agarrou o espaldar da cama. A trança semidesfeita movendo-se ao longo das costas (eu havia trançado os cabelos de Rapunzel ao som da flauta de Rampal, numa pausa em que tomávamos alento para novos jogos) foi o fragmento de imagem que fixei, ao levar o tranco que me arremessou porta afora. Em violento voo fui de encontro à parede oposta do corredor e escorei o impacto com o ombro. Deve ter sido nesse instante que fraturei o tal troquíter (outras fraturas ocorreriam depois). Estonteado e já bem fraco gemi: me ajude me ajude, Rapunzel. Não sei se o som da minha voz alcançou o quarto. Fui arrastado escada abaixo.

A voz rompe a engrenagem que me sustém o maxilar, sai débil e rouca. Um companheiro, animador, relata seu acidente, narra suas dores. Somos quatro irmanados em gesso, e nossos gessos assumem configurações as mais esdrúxulas. Dolorido até a medula, contribuo com o maior volume para esse níveo espaço.

Devo manter a cabeça imóvel tanto quanto possível. Fixo o teto com o olho direito — o esquerdo dificilmente será recuperado — e meu pensamento entra em fabulação criando para meu rosto imagens que vão de Moshe Dayan a lendários piratas. Mas logo me livro delas — humor negro excessivo quando usado em causa própria. E penso em Rapunzel.

Que tipo de punição teria sofrido? A ideia de algum castigo físico (não seria fora de cogitação em se tratando deles), o corpo da minha Rapunzel marcado por manchas roxas, é pensamento abominável. Inquieto, movo a cabeça. Lembro-me de que não devo fazê-lo e volto a fixar o teto. As manchas roxas esgarçam-se no branco. Vejo a trança de Rapunzel, semidesfeita, ondulando em suaves movimentos.

Quando eles fizeram saltar a fechadura e irromperam no quarto, eu tinha acabado de trançar os cabelos de Rapunzel. Segurava a extremidade da trança volumosa e macia, sentindo na palma da mão o prazer do contato, que se espalhava por meu corpo em sensação de bem-estar. Ao lado da almofada, o copo de vinho.

Nessa noite tomávamos Chablis e comíamos salmão defumado e pão preto. Regados a bons vinhos eram os nossos encontros. Rapunzel ia tirando, uma a uma e com o devido cuidado as garrafas da adega de Laila e Salomão. Eles nem percebiam (ou assim julgávamos).

Afundada no almofadão de penas de ganso, a túnica aberta em leque, Rapunzel pusera a seu lado a mesinha baixa com as nossas iguarias. De vez em quando me servia de mais vinho. Estava se tornando requintada a minha raposinha. De Laila recebia os rudimentos que eu aperfeiçoava. Laila, evidentemente, não sabia como era utilizado e a quem se destinava esse requinte. (Era o que eu pensava.)

A cada encontro Rapunzel montava um cenário diferente. E sua inventividade me surpreendia. De meu desempenho, com traje a caráter, e de toda a parafernália adequada à situação, eu só tinha conhecimento ao entrar em cena, isto é, no quarto. Um tanto sobre a rechonchuda, demasiado lúbrica para seus 14 anos, Rapunzel me fascinava. Meu corpo descarnado de vegetariano contumaz galopava frenético na maciez de seus promontórios. Desbravava densas florestas, pioneiro em Canaã, e conquistava o Éden.

Quando estouraram o nosso mini-Éden, Rapunzel deu um salto e agarrou-se ao espaldar da cama. Mal tive tempo de ficar em pé, fui derrubado por violento golpe.

Terrível sensação de ridículo juntou-se à dor física. Rapunzel havia enrolado em meu corpo, do umbigo às virilhas, uma faixa de brocado, e em minha cabeça armou um turbante. Que prendeu com um broche de pedras coloridas.

Consegui segurar a tanga antes que escorregasse de todo. O turbante foi parar longe. O broche espatifou-se no chão e as pedras afundaram no veludo espesso do carpete.

Moviam-se ferozes os rapazes. Derrubaram mesa, abajur, garrafa de vinho. Chutaram as almofadas. Assim que vi os irmãos de Rapunzel de luvas e blusão de couro, tive a certeza do que me aguardava: a gangue lá fora à minha espera, motos engrenadas, a sofreguidão contida a duras penas. E meu corpo, régio presente para a avidez da malta.

Fui empurrado escada abaixo. No hall dei de cara com Laila, o olho levemente estrábico cintilando. A bruxa-mãe se comprazia com meu infortúnio.

Dou de cara com o enfermeiro, debruçado sobre mim.

— Que que há, rapaz? Ânimo. Vamos descer pra trocar o gesso. Sua recuperação é boa.

A boa recuperação vem-se arrastando por meses de imobilidade e dor. Inclui a perda de um olho. Estou vivo, penso à guisa de consolo.

Passeio de maca e, de gesso limpo volto à cama que sinto grudada às costas por tempos imemoriais. Retomo o passatempo interrompido, isto é, fixo a vista no teto. Meu olho direito enquadra um retângulo: as tranças de Rapunzel atravessam a tela, movem-se em câmera lenta.

— Pensando em quê?

— Nas tranças de Rapunzel.

— É impressionante como você se amarra no cabelo de Rapunzel.

Essa não. Não me diga que agora ele vai se arvorar também em meu terapeuta. Era apenas um companheiro de trabalho (motorista dos Abdul, três ou quatro quadras além da casa de Salomão), hoje é amigo e, pelo visto, candidato à minha recuperação psicológica. Sente-se responsável por mim e me visita com frequência. Devo-lhe a sobrevida. (Seria o caso de agradecer?) Chegou pouco depois que fui reinstalado na cama, de volta de mais um breve turismo hospitalar. Me encontra de olhos, isto é, de olho preso ao teto.

— Pensando em quê?
— Nas tranças de Rapunzel.

O cabelo trançado, preso à nuca em feitio de coque. Chegando de collant e sapatilhas, saia curta preguead.

— Rapunzel, venha aqui um instante — Salomão chamou da porta da biblioteca. — Antes de subir, venha conhecer o novo motorista. Vai te levar ao colégio, aula de dança, dentista. O que for preciso. E não quero que você continue a andar de moto com seus irmãos. Você e sua mãe se virem com os horários.

Rapunzel girou o corpo, as sapatilhas deslizaram no mármore do hall. Não deu a mínima para Salomão. Era óbvio que continuaria a andar de moto quando bem entendesse. Parou à minha frente. Sofri uma investigação de alto a baixo. Breve, mas minuciosa. Quando ela ergueu os olhos, vi meu diploma enquadrado.

Não me foi difícil chegar a Salomão Karan. Atravessei a barreira da secretária e congêneres graças à amizade que o ligou a meu pai, em tempos de pobreza mútua. Agora, navegando em mares piscosos, na crista do mercado financeiro, Salomão se permitia (de quando em quando, é claro) um gesto magnânimo. Empregar o filho de um ex-amigo foi um deles.

— Tomei informações a seu respeito, é óbvio. Sei que você interrompeu os estudos e passou anos de mochila nas costas.

— Realmente, estive viajando. Agora quero refazer a minha vida em bases mais sólidas.

O tom talvez tenha sido demasiado sério (provavelmente não conferia com as informações a meu respeito), porque Salomão me encarou em dúvida como se dissesse: dou emprego a esse malandro e ele ainda me goza?

— Acha que já consegue se integrar ao sistema?

Consegui foi engolir impassível a pergunta rançosa e o risinho maroto.

— Não tenho nada contra o sistema.

Quase acrescentei: muito pelo contrário. Mas recuei a tempo.

— E vai retomar o curso universitário, agora que você pretende, como diz, refazer a sua vida em bases sólidas?

— Talvez mais tarde. No momento quero me fixar no emprego e juntar umas economias.

A inquisição prosseguiu durante algum tempo. O cara tinha revirado os meus 31 anos, sabia tudo a meu respeito. E queria mais. Respondi de modo tão cê-dê-efe quanto possível, evitando qualquer exagero que pudesse irritá-lo. Eu precisava do emprego.

Fiz apenas um pedido:

— Gostaria de ocupar um quarto sozinho. Costumo ler à noite.

Não disse que escrevia. Escritores são olhados com desconfiança por certo tipo de pessoa.

— Não é problema. Você terá um quarto só seu.

Agradeci e nos despedimos. Tudo acertado.

Quando passei junto à copa, vi Rapunzel instalada frente a um copo de Nescau e um prato de pães de queijo. Ergueu o copo para mim, sorriu. A trança já não estava presa à nuca, balançava ao longo das costas.

Comecei a trabalhar no dia seguinte.

— E logo começaram os seus encontros com Rapunzel?

Conseguiu uma cadeira, está sentado ao lado da minha cama. Comovente a sua dedicação por mim, desde o dia em que me trouxe para cá. É estranho, mas em momentos de maior depressão, quando não sinto a mínima vontade de continuar vivo, penso nele e na decepção que teria. Leva a sério a minha recuperação. Faço um esforço e suporto as minhas fraturas. Físicas e psicológicas.

— Fomos nos envolvendo aos poucos. Para ser franco, resisti bastante. Eu não queria me meter em complicações. Mas desde o nosso primeiro encontro, mergulhei de cabeça.

— E sabia que a qualquer hora podia ser apanhado.

— Por isso mesmo sempre tomei as maiores precauções. Só saía do quarto bem tarde, abria e fechava portas sem nenhum ruído. Atravessar o jardim não era problema: os cães estavam fartos de me conhecer. O que me preocupava era a chegada dos rapazes, o júnior e seu truculento irmãozinho. Saíam de moto, juntavam-se à turma e perturbavam à beça no Morumbi e imediações. Voltavam a horas incertas. Numa dessas eu podia me dar mal.

— Como é que você subia para o quarto de Rapunzel?

— Pela janela da saleta embaixo da varanda. Rapunzel deixava destrancada a porta que dava para a varanda. A outra, a que abria para um corredor largo junto à escada, ela mantinha bem trancada. E pedia que não a incomodassem porque tinha muito o que estudar. Ninguém interrompia os nossos estudos. Estudamos à vontade. Até aquela noite.

Não fez mais perguntas. Continuou ali sentado olhando para mim num misto de ternura e pena. Também me calei. Depois de algum tempo, ele falou:

— Conversei com os médicos. Acham que dentro de uns 20 dias você poderá ter alta.

Não consegui disfarçar o pânico. Alta. Para fazer o quê?

— Não se preocupe, você fica em minha casa até se recuperar totalmente. Depois, vamos partir para um novo emprego. Há muita coisa que você ainda pode fazer.

Esse 'ainda' deu a medida das minhas limitações. Que tipo de emprego sobraria para mim?

Ele saiu, continuei pensando em minha alta. No que fazer com ela.

Tive alta um mês depois.

— Meu rajá, que saudade. Não foi fácil te encontrar.

Reconheço imediatamente a voz de Rapunzel. Teria reconhecido mesmo que não tivesse me chamado de rajá.

Respondo de maneira insegura, o coração em ritmo acelerado.

— Desde que cheguei estou à sua procura. — Rapunzel baixa o tom de voz. — Quero te ver.

Disfarço a ansiedade:

— Você acha conveniente?

— Claro. A não ser que você não queira.

— Quero — faço uma pausa. — Mas estou muito diferente.

— Eu sei. Também mudei. Em dois anos a gente muda, muita coisa acontece.

Marcamos um encontro para esse mesmo dia, final da tarde. Rapunzel não se alonga na conversa.

— Temos muito o que nos contar — ela diz e se despede.

Finjo que trabalho. Desde o telefonema, não consigo me concentrar numa linha. Esta revisão vai sair uma merda, é melhor parar. Junto as folhas, apanho a bengala e me levanto. Vontade de dar uma bengalada violenta na mesa, mandar papéis, dicionários, pastas, tudo para o chão. Aperto o cabo da bengala e saio. Há três meses passei das muletas à bengala.

Digerindo aflição e memória o resto do dia, mal consigo engolir algum alimento. Muito antes da hora marcada, estou sentado no bar à espera de Rapunzel. Ajeito os óculos escuros e verifico se escorei bem a bengala. (Detesto quando ela vai escorregando e cai, o que acontece com frequência.) Escolhi uma roupa que disfarça um pouco o meu volume. Engordei bastante. Trabalho sentado o dia todo, não pratico nenhum esporte. E bebo muito. Já não sou vegetariano. Agora entro em qualquer churrascaria e não sinto náusea. Ao contrário. Como com prazer um churrasco mal passado, desses que vem refletindo o brilho do sangue na lâmina do espeto. Peço o terceiro uísque e mantenho o olho na porta de entrada.

O garçom chega com a bandeja, e atrás dele uma figura de jeans e camisa xadrez. A princípio fico em dúvida quanto ao sexo, mas logo vejo que é uma garota muito magra, cabelos curtíssimos. Em pé à minha frente, me encara. Levo alguns segundos para reconhecer Rapunzel.

— Mudei tanto assim?

Ela me beija e abraça. Sinto um rosto anguloso junto ao meu.

Ficamos nos encarando com perplexidade evidente. A conversa sai travada. Depois de certo tempo começamos a arranhar a superfície.

— Por que você fez isso com seu cabelo?

— Acha que eu tinha tempo de ficar trançando e cuidando de um cabelo daquele comprimento? Cortei logo que entrei na universidade, e continuei cortando cada vez mais curto.

Praticava muito esporte, me disse, nadava quase todos os dias, jogava tênis. Era uma das melhores tenistas de sua turma.

— E nos fins de semana faço um pouco de equitação. Viu como emagreci?

Olho com nostalgia para o corpo de Rapunzel à procura das colinas — deleite das minhas cavalgadas. Árida planície agora.

— E os rapazes? — Indago quando a conversa entra num rumo mais solto.

— Insossos. Nenhum com a sua imaginação. Saio de Nova York nos fins de semana com algum namorado, mas nunca me divirto como naquela época.

Me encara com ternura e uma certa tristeza. O olhar resvala para a bengala encostada à parede. Depois, ela começa a indagar da minha vida, saúde, trabalho, namoradas, o que faço.

Conversamos durante muito tempo e, à medida que nós contamos um ao outro, tenho a sensação de que as minhas amarras vão se desprendendo. Nada tenho a ver com essa meninota magra de cabeça quase raspada.

Vejo Rapunzel sentada à minha frente. Apenas a mesa nos separa. Entre nós um deserto. Sem camelos, sem tamareiras.

A rede

Atravesso o saguão, esbaforido, aflição e calor umedecendo a camisa, corro para marcar lugar. Às minhas costas, uma respiração ofegante, alguém ainda mais atrasado.

Evito pensar nos aborrecimentos / complicações que a perda desse voo acarretaria. Culpo o motorista, pegou a Dutra em vez da Trabalhadores, quando percebi já estávamos em pleno engarrafamento, tempo correndo, aflição em rápida escalada. Mas sei que a culpa é minha. Tivesse acordado mais cedo, teria apanhado o ônibus no terminal do centro, iria tranquilo. E sem a despesa da corrida de táxi. É no que dá, ficar vendo filme até tarde. Anunciam *King's row*, e lá estou eu revendo Ann Sheridan, conferindo se Reagan, nesse filme, consegue mesmo não ser o canastrão contumaz.

Não fumante, J-13. A vergonha de dizer que não quero a poltrona 13 corta breve hesitação. Afinal de contas, para um homem de paletó / gravata / pasta não ficam bem esses pequeninos receios. Pego o bilhete e me afasto do balcão, argumentando comigo mesmo que já ocupei esse lugar uma vez e tudo bem, que o Air Bus A-300 é fabuloso, que a manhã está radiosa brilhante luminosa, as condições de voo excelentes etc. Chego quase a me convencer. Mas caminho para o portão de embarque com a sensação de sempre: o peso do irremediável. Já não posso voltar.

Volto a cabeça quando ouço meu nome e logo em seguida: — Você agora é assim tão sério? Postura de executivo ou medo de avião?

Dá uma risada (a risada das nossas brincadeiras?) e me abraça. Meu rosto se descontrai, sinto uma grande alegria, fico efusivo. Demasiado efusivo, talvez, para o local e o momento. Tento equilibrar minhas emoções enquanto passamos pelo portão de embarque. Memória em feedback, sigo ao lado de Thereza. Viajamos no mesmo avião.

Lugares não muito distantes, inclino a cabeça e consigo ver Thereza: pernas esticadas, mãos colocando os earphones, ajeitando o cabelo.

O cabelo de Thereza às vezes se emaranhava nas franjas da rede. Íamos desembaraçando os fios, com cuidado e relativa rapidez, atentos a ruído de passos no corredor, prontos para saltar da rede. Os adultos costumavam dar uma incerta no terraço. E quando isso acontecia, um de nós já estava longe da rede. Era um jogo perigoso, sobretudo em noites de luar, o terraço tão claro quanto a sala iluminada pelo lampião a querosene. Durante o dia era tudo mais fácil: soltos, espaço à escolha. À noite havia o risco de um flagrante, e consequências certamente desastrosas.

Delicioso ritual, o da brincadeira noturna, com introito à mesa do jantar.

Meu avô senta-se na extremidade lateral, a cabeceira é o lugar de minha avó. Reina uma espécie de matriarcado velado em certas áreas, ostensivo às refeições. Os adultos se acomodam e nós, a meninada, nos espalhamos pelos lugares restantes. Sempre dou um jeito de me sentar ao lado de Thereza. Acordo não formulado, cumplicidade, seja lá o que for, o caso é que ninguém ocupa meu lugar.

Descalça a sandália. O pé roça minha perna, vai subindo devagar. A essa hora, Thereza já trocou as botas por sandálias. Roupa leve, recém-saída do banho, perfumada. A sola do pé é macia, alisa meus pelos num vaivém lento. E a boca acompanha o ritmo: Thereza mastiga com lentidão. Distende/ encolhe, umedece os lábios. Mão agora em minha coxa, uma carícia rápida, e a mão, de novo sobre a mesa, brinca com miolo de pão, molda bolinhas.

Inquieto, sensação de rosto em fogo, já não consigo engolir. Largo os talheres, o garfo desliza na calda grossa vermelho-amarelada do doce de abóbora. Thereza prossegue em seu mastigar tranquilo. De quando em quando ergue o copo, bebe um gole de sangria. Lábios entreabertos, ume- decidos pela bebida, face corada. E a perna, agora imóvel, colada à minha.

Passo os olhos ao redor. Meu avô mergulha colher e garfo no prato fundo cheio de leite, vai pescando pequenos peda- ços de goiabada, e a superfície branca oscila em ondulações rosadas. Sinto no rosto a concentração de todos os verme- lhos: sangria, goiabada, doce de abóbora, a incandescência das camisinhas do lampião. Falta pouco, felizmente, para terminar o jantar. Café servido, e já podemos nos erguer da mesa. Rumo ao terraço.

Thereza dobra as abas da rede. Semicobertos, as mãos se movimentam na busca do corpo, um do outro, sugo a boca de Thereza com avidez, talvez excessiva. Desforro a contenção compulsória à mesa do jantar. Calma, ela me diz, vamos com calma, temos tempo.

(Mais tarde, eu creditaria a essa mestra, tão pouco mais velha do que eu, mas tão mais sábia, as primeiras e deliciosas lições para o prolongamento do prazer.)

O terraço é um tombadilho, 20 metros de extensão, tábuas com frinchas, bancos de madeira e redes. A nossa é a última, na extremidade junto ao pomar. O cheiro adocicado de manga vem misturado ao da dama-da-noite. Mergulho o nariz entre os seios de Thereza e sinto o perfume francês. Minha boca desliza em suave atalho de penugem, vou conquistando espaço. Prestes a romper a barreira do umbigo, Thereza trava o movimento. Não seja afoito, ela me diz, ouça *Blue moon*.

Ouço *Blue moon*, e *Dancing in the dark*, e *Deep Purple*, e *Stardust*. As indefectíveis. As meninas cantam, acompanham ao violão. E depois, elas, as meninas, se tornam radicalmente nacionalistas: instauram o caipirato. Começam com *Prima Cota foi a um baile*, e vão por aí afora carregando no sotaque interiorano, fazendo paródias, brincadeiras.

Dentro da rede, as nossas brincadeiras recomeçam. Tanto quanto possível, nos mantemos atentos à chegada de alguém que, entre uma e outra partida de pife-pafe, resolva aparecer no terraço. Sob o pretexto de ver a lua, ou de ouvir violão. Ou como quem não quer nada.

(Comentário de minha mãe para minha tia: ela viaja e larga Thereza aqui conosco durante as férias. Não posso ficar andando o tempo todo atrás dessa menina. Cada mãe que tome conta de sua própria filha.)

Afasto as franjas da rede e acaricio o cabelo de Thereza. E depois a nuca, o lóbulo da orelha, os seios. Minha mão desce, escorrega à flor da pele. Thereza me beija, terna e excitada, já não diz que sou afoito. Estende o corpo, nos envolvemos em pernas e braços ao embalo da rede, e seu rosto brilha, seu rosto junto ao meu, seu rosto.

O rosto de Thereza a menos de meio metro. Inclinada sobre mim, ela diz:

— Aproveito para sentar um pouco a seu lado, agora que seu vizinho se levantou.

Já não tem o mesmo viço a pele do rosto. Mas o olho brilha, meio sobre o matreiro, e Thereza pergunta sem nenhum caminho introdutório ao assunto:

— Você ainda curte uma rede?

Não espera a resposta, vai falando que ela sim, e muito, tem duas no terraço do sítio, nem daria para mais, o terraço não é muito extenso, fica horas deitada na rede olhando o céu e procurando a Ursa Maior, que nunca encontrou nem vai encontrar. Breve pausa. Está no terceiro marido, o definitivo, acha, pois chega um tempo em que a gente sabe o que quer, ou deveria saber. Mas tudo é tão relativo e transitório, acrescenta, o rosto sério, certo tom de tristeza na voz.

Expressão risonha de novo, e agora quer saber de mim. Família, trabalho, viagens, se me divirto, se me dou bem com a vida ou ela comigo. Enfim.

Um tanto evasivo, que não sou de me soltar assim de repente mesmo em se tratando de Thereza, vou largando umas informações. Não muitas. Porque meu vizinho chega e Thereza se levanta.

Afivelo o cinto. E penso nas raras vezes em que tive oportunidade de ver Thereza nos últimos anos. Há bastante tempo, nos encontramos em uma festa de casamento, ela, no segundo marido, muito bem vestida, como convém a reunião desse tipo, e demasiado esfuziante, como nem sempre convém a reunião desse tipo. Estávamos nos embalando em deliciosa conversa regada a uísque e hora da saudade, quando o marido, num passe rápido, levou Thereza para a extremidade oposta. Sob um pretexto qualquer, mas bastante incisivo. E lá fiquei eu de copo na mão, balançando o uísque, embalado na rede da memória. Sozinho.

Vejo Thereza apertando o cinto, preparando-se para a chegada. Nestes momentos que antecedem o pouso, disfarço o medo e me envolvo em cogitações e dúvidas quanto a um possível encontro. Não sei se Thereza toparia, nem sei se o marido, definitivo ou transitório, está em Brasília. E, menos ainda, a que nos levaria a retomada de uma relação há longo tempo interrompida.

Vejo Thereza passando a escova no cabelo (os fios tantas vezes emaranhados nas franjas da rede) e me enterneço. Em muda e comovida homenagem, penso em todas essas primas, pioneiras que nos abriram caminhos, vertentes, escaladas para as delícias do sexo. Atrás das moitas de bambu, dentro do açude, no terraço ao embalo da rede — cenário e alimento da minha memória afetiva.

Carta a São Paulo

As amargas não. Álvaro Moreira, autor dessas Memórias, que me desculpe, mas como deixá-las de lado, se aí estão ante nossos olhos, vísceras à mostra no cotidiano paulistano?
Volto do Teatro Municipal, onze da noite, tropeço nelas. São presença amarga em corpos envoltos em esfiapadas cobertas, estirados na calçada da Marconi. Desvio o olhar para a Livraria Teixeira. Sobreponho imagens. Mergulho na memória da trama urbana, puxo fios, e os flashes que iluminavam o instante trazem outros rostos, gestos, palavras.
Entra na Teixeira. José Geraldo Vieira lança Brasília, Paralelo 16. Cumprimentando o autor, abraço Julieta de Godoy Ladeira, Osman Lins, Lygia Fagundes Telles, os mais próximos, e ali ficamos em papos literários ou não. Chegam Sérgio Milliet, Luís Martins e Aldemir Martins; vêm do Paribar, já embalados nesse início de noite, cuja próxima parada é o Clubinho. Rumamos para a Bento Freitas. E depois *coq au vin* no Freddy, Norma Bengell no Michel, fim de noite na São Luís. No apartamento de Luis Coelho, o indefectível ato estrelado por Luis Coelho e Luís Martins, a essa altura com bastante dificuldade para executar a coreografia. É o balé "Louis'sisters", gran finale dessa e de outras noites.
A dança se esfuma no tempo, retomo o sentido de alerta, que a guerrilha não permite descuidos. Apresso o passo, caminho em ziguezague — tática despista/trombada, sem nenhum

efeito a não ser enganar o medo. No estacionamento, sou náufrago alcançando a praia, alpinista em topo de montanha.

Subo a Consolação em velocidade acelerada, trânsito maravilha. Diminuo a marcha junto ao cinema, às pizzarias, e sigo para a Dr. Arnaldo. As barraquinhas de flores são uma festa, não a movable de Hemingway, mas um show tranquilo de aromas e cores — saudação ao transeunte rumo ao Sumaré.

Ainda na Avenida Dr. Arnaldo, junção com Oscar Freire e Amália de Noronha, encaro o espaço onde outrora havia capim e entulho e hoje ergue-se o belo edifício do Centro de Cultura Judaica — Casa da Cultura de Israel.

Do lado oposto da rua, chego ao prédio antigo onde morou gente ilustre — Almino Afonso, o cronista Luís Martins, mais conhecido como LM, o médico Pompeu do Amaral. Deste prédio no qual há tantos anos resido, desta torre, não de marfim, a cavaleiro na Avenida Sumaré, alonga os olhos para os meus da Paulista, os refletores do Pacaembu, o avião iluminado baixando em direção a Congonhas. Ergo a vista à procura de estrelas. Houve tempo, dizem os velhos moradores do bairro, em que costumava aparecer disco voador nos céus do Sumaré.

Chão de infância e juventude

O bonde veio de São Vicente. Não tem número. É o especial que transporta as alunas do Colégio Stella Maris. Segue ao longo da orla marítima, vai parando nos pontos habituais da rota cotidiana.

No José Menino, esquina da Rua Cyra, a menina, um tanto atrasada, atravessa depressa a avenida. Consegue chegar a tempo de pegar o bonde. Pé no estribo, mais um impulso e já está sentada. Acomoda com cuidado a saia preguead a de fustão branco, estica a faixa colorida que dá voltas no uniforme. Toma fôlego e se envolve na conversa.

À medida que o bonde vai lotando, o vozerio cresce, o tom já não é o desejado pela *soeur* que acompanha o percurso desde o início. *Et bien, mes enfants, un peu plus bas, s'il vous plaît*. A paciência da *soeur* Françoise tem limites.

Gonzaga, Washington Luís, Conselheiro Nébias, as alunas vão apanhando o bonde, o especial segue e chega ao portão do colégio. Desfazem-se da mala — cada uma tem seu cabide numerado no saguão espaçoso — e vão para a capela. A missa abre o dia das alunas do Stella Maris.

Aos seis anos de idade, a menina entrara no colégio. A faixa rosa, envolvendo seu uniforme, marca o início do primário. Faixas de outras cores sucedem-se em sua passagem pelos cinco anos do ginásio.

Amizades, aprendizado, esporte e recreio fazem o cotidiano escolar. O idioma francês já não traz dificuldades. Falado tanto quanto o português, é língua familiar. As matérias curriculares complementam-se com música, religião, boas maneiras. A literatura francesa também é estudada e a jovem ginasiana toma conhecimento dos dramaturgos; Corneille, Racine, Moliére entram na sala de aula.

A convivência diária cria amizades que vão se solidificando. As meninas Montenegro, as Suplicy, Andrada Coelho, Almeida Prado, Kanebley, e tantas outras, crescem juntas, são preparadas para o mundo além das paredes escolares. Mas fazem suas próprias escolhas, vão abrindo caminhos. E descobrem os *flirts*, a proximidade dos meninos. Não fazem ideia de como alguns desses jovens se projetariam, seriam orgulho para a cidade. O artista plástico Mário Gruber, o compositor Almeida Prado, os governantes Paulo Egydio e Mário Covas — o Zuza da nossa infância.

Adolescentes em final de ginásio, os interesses extrapolam o âmbito escolar, vão aos clubes, namoram, jogam volley na praia. O Clube XV, em seus jantares dançantes, apresenta Pedro Vargas, Adelina Garcia, Elvira Rios. No grill do Parque Balneário Hotel, Luís Gonzaga toca e canta baião.

O Tênis Clube traz jogadores famosos para o Campeonato Aberto. No Cinema Cassino, abre-se o teto e a noite de verão mostra o céu estrelado.

Nem tudo é descompromisso, ou alegria. Reflexos da 2º Guerra Mundial chegam ao país, blackout na orla marítima, escassez de gasolina, racionamento de produtos básicos, torpedeamento de navios. Evita-se sair à noite. As *big bands* amenizam a reclusão dos jovens, Glen Miller, Artie Shaw, Harry James, Benny Goodman repetem-se na vitrola.

Os anos de guerra deixam marcas. Mas a cidade retoma seu ritmo. E as alunas do Stella Maris, saindo do aconchego escolar e do abrigo familiar, partem em busca de seus próprios rumos.

A menina de outrora atravessa distâncias e a mulher reencontra seu chão de infância e juventude.

Comentários críticos acerca da obra de Anna Maria Martins

Os contos que este livro enfeixa mostram um vasto repertório — conflito de gerações, evocações do tempo negro da ditadura e suas torturas, a paranoia gerada pela violência nas grandes cidades, os impasses do ofício de escritor, a condição de envelhecimento e a constatação da irreversível corrida do tempo, as mesquinharias do dia a dia, confusões de identidade, culpas enlouquecedoras, festas e encontros de endinheirados, reuniões de executivos, amantes e esposas. São relatos ricos de elipses, subentendidos e insinuações que apelam para a atenção e a inteligência do leitor, nos quais se detecta o olhar agudo e irônico com o qual a autora constrói as situações vividas por seus personagens, muitos deles provenientes das classes abastadas.

Trata-se de uma boa oportunidade para as novas gerações entrarem em contato com a obra desta escritora sutil e arguta observadora das vicissitudes da existência humana.

SÉRGIO TELLES

(...) Outro traço que vejo (graças à mania que nós professores temos de classificar e encontrar pontos comuns) é uma espécie de tendência quase checoviana para liquidar o sensacional e construir a narrativa com os salvados do nada. Às vezes há momentos crispados e expectativas de coisa rara; mas no final das contas cada narrativa parece oca sob este aspecto e a tremenda violência nasce apenas da rotina de cada dia. A banalidade e o ramerrão são ingredientes constantes nas receitas despojadas de Anna Maria Martins, manifestando-se a cada instante neste livro como vazio, falta de sentido, equívoco, violência inglória, miúda e mesmo desolação.

ANTONIO CANDIDO

Através da ação, a autora retrata a angústia do ser humano (burguesia média e alta) preso dentro de seus próprios gestos. Todos os personagens estão emparedados nos seus pequenos mundos. São metáforas um do outro.

EDLA VAN STEEN

O conjunto dessa parafernália inumana dá em certos contos a impressão meio orwelliana de que são as alavancas dos painéis opacos que governam o homem, em vez de serem por este manipuladas.

NOGUEIRA MOUTINHO

Desde o início, estes contos, aclamados pela crítica e vencedores de honrosos prêmios — tais como o Jabuti e o Afonso Arinos — vieram demonstrar um estilo vigoroso e em contínuo desenvolvimento, assim como uma tese consistente. Não é de admirar, uma vez que Anna Maria Martins moldou suas histórias em torno destas bases: fábula, trama, ambiente, estrutura, caracterização. Tema e imagística irradiam-se dos contos ao mesmo tempo em que contribuem para eles.

MALCOLM SILVERMAN

A contista desenvolve penetrante olhar crítico, observa por vezes suas criaturas com senso de humor, chegando, até, a submetê-las ao jogo da ironia. Tudo com a sutileza das belas Letras, sem a grosseria panfletária. Mediante frases límpidas, desnudas, atinge a atmosfera densa das ligações existenciais.

FÁBIO LUCAS

A linguagem, a textura da frase — muito madura — lhe vem com facilidade. O que a consome é a estrutura do conto. Os críticos analisam frequentemente a densidade da atmosfera que caracteriza os contos de Anna Maria Martins, bem como a economia de recursos da frase despojada. No entanto, esquecem de acentuar outro dado essencial de seu estilo: o domínio dos planos de tempo e espaço, a fragmentação de blocos habilmente montados. A autora confessa a perseguição, à maneira da linguagem cinematográfica, musical e televisiva, dos diferentes ângulos das situações, dos personagens em ação. O que dá uma plasticidade muito particular ao exíguo espaço narrativo do conto.

CREMILDA MEDINA

Anna Maria Martins se enfileira ao lado dos maiores contistas, embora não se pareça com nenhum deles, pois não se filia a escolas literárias, não tem época, é ela mesma.

LÚCIO RANGELI

A densidade, a atmosfera noturna-soturna e opressiva que envolvem as pequenas narrativas, são bastantes para criar, em quem toma contato com elas, credibilidade suficiente para sentir e viver o universo ficcional de Anna Maria Martins.

FERNANDO GOES

Não há, pois, como passar pelas páginas deste livro de Anna Maria Martins sem ser atingido por um sentimento de inquietação — inquietação que costuma causar no leitor as manifestações de arte que se afirmam como testemunho das angústias de nosso tempo, retrato da condição humana. É por meio desse espanto, dessa estranheza que o homem chega ao conhecimento de si mesmo. A essa forma de ficção, o leitor não pode ficar indiferente, porque é ela que lhe revela, paradoxalmente, o lado mais verdadeiro das coisas.

NILDO SCALZO

Anna Maria Martins representa o que há de melhor na literatura brasileira. Com estilo ágil, conciso e elegante, olhar perspicaz e boa dose de ironia, ela traça em seus contos um perfil certeiro de nossa sociedade.

SILVANA SALERNO

As narrativas de Anna Maria Martins revelam uma capacidade de síntese e pertinência admiráveis. A autora soube como poucos aprender a preciosa lição de Chekov, dando conta de que se um punhal aparece numa trama, é certo que será utilizado, mais cedo ou mais tarde.

DIONÍSIO DA SILVA

As reações de suas criaturas são desentranhadas com realismo inequívoco daquele mundo soturno que ocultamos. Mas para tanto não precisou carregar nas tintas, nem explicitar os lances mais significativos dos episódios psicológicos. Vem daí a fluência, o escorrer, o desenrolar espontâneo de cada história, projetada literariamente com seus próprios recursos, ou seja, com seus próprios elementos, que outros não são senão a verdadeira matéria ficcional de que é feita a legítima obra de arte.

JORGE MEDAUAR

Biografia

ANNA MARIA MARTINS nasceu em 1924, em São Paulo, em família paulista tradicional. Estudou no Colégio Sacré Coeur, em Santos, alternando o tempo de infância e juventude entre a cidade santista, a capital paulista e a fazenda familiar, próxima a Indaiatuba. Casada com o jornalista carioca Luís Martins, a partir dos anos 1950, passou longas temporadas no Rio de Janeiro, onde conviveu com os principais artistas e intelectuais da época.

Iniciou sua carreira nas letras traduzindo, entre outros, Agatha Christie, Aldous Huxley, John Kenneth Galbraith, Heinrich Heine, Herman Melville, Lawrence Stern, Maurice Leblanc, O. Henry e Ray Bradbury.

Estreou como contista em 1973, com o livro *Trilogia do Emparedado,* vencedor do prêmio Jabuti–revelação e do prêmio Afonso Arinos, da Academia Brasileira de Letras. Seguiram-se *Sala de espera*, em 1978, e *Katmandu*, em 1983. Em 1994, publicou *Retrato sem legenda* e, em 2003, *Mudam os tempos.*

Nos anos 1980, atuou como assessora cultural do ex-vice-governador de São Paulo, Almino Afonso. Dirigiu a Casa Mário de Andrade por alguns anos, na década de 1990, e organizou as primeiras oficinas literárias da instituição. Trabalhou também na área de Restauração e Patrimônio da Fepasa, na Estação Júlio Prestes.

Ao longo dos anos, marcou presença em antologias e publicações diversas, como contista, cronista e organizadora.

Participou da União Brasileira de Escritores-UBE em diferentes ocasiões e cargos, e integrou o júri de importantes concursos literários, como Nestlé, Jabuti, Portugal Telecom, Oceanos e São Paulo de Literatura.

Em 1992, foi eleita para a Academia Paulista de Letras, onde desenvolveu projetos literários, como o Escritor na Escola, que levou escritores renomados a escolas públicas do estado; o Prêmio Academia Paulista de Letras, de estímulo à escrita para estudantes; e a Mostra Itinerante de Cinema e Literatura, com mostra de filmes baseados em obras literárias brasileiras e debates entre cineastas e alunos de escolas públicas do ensino médio.

A partir de 2011, coordenou os Clubes de Leitura da Academia Paulista de Letras, em parceria com a editora Companhia das Letras e diferentes associações, institutos e clubes recreativos/esportivos.

Faleceu em 26 de dezembro de 2020, aos 96 anos, de causas naturais.

—
Este livro foi composto com a
tipologia Garamond e impresso em
papel Pólen 90 g/m².